KB142448

# 줄리어스 시저

한국셰익스피어학회 작품총서 019

# 줄리어스 시저 Julius Caesar

**윌리엄 셰익스피어** 지음
**김성환** 옮김

도서출판 동인

# 발간사

　지금까지 셰익스피어 작품에 대한 번역은 끊임없이 다양한 동기에 의해 진행되어 왔다. 초창기 셰익스피어 작품 번역은 일본어 번역을 우리말로 옮기는 작업이었다. 일본이 서구에 대한 수용을 활발한 번역을 통해서 시도하였기 때문에 일본어를 공부한 한국 학자들이 번역을 하는데 용이했던 까닭이었다. 하지만 이 경우는 문학적인 차원에서 서구 문학의 상징적 존재인 셰익스피어를 문학적으로 소개하는 것이 목적이어서 문어체를 바탕으로 문장의 내포된 의미를 부연하게 되어 매우 복잡하고 부자연스러운 번역이 주조를 이루었던 것이 문제가 되었다.

　그 다음 세대로서 영어에 능숙한 학자들이나 번역가들이 셰익스피어 번역에 참여하게 되었다. 셰익스피어 작품에 대한 수많은 주(note)를 참조하여 문학적 이해와 해석을 곁들인 번역은 작품의 깊이를 파악하는데 많은 도움이 되었다고 볼 수 있다. 하지만 셰익스피어 작품을 무대에 올리는 배우들에게는 또 다른 문제가 생길 수밖에 없었다. 문학적 해석을 번역에 수용하는 문장은 구어체적인 생동감을 느낄 수 없었고, 호흡이 너무 길어 배우가 대사로 처리하기에 부적합하였다.

　이런 문제점을 해결하기 위해서 번역가마다 각자 특별한 효과를 내도록 원서에서 느낄 수 있는 운율적 실험을 실시하기도 하였다. 그런 시도는 셰익스피어 번역에 새로운 분위기를 자아내었을 뿐 아니라 다양한 번역이 이루어져 나름의 의미가 있었다고 본다. 반면에 우리말을 영어식의 운율에 맞추는 식의 인위적 효과를 위해서 실험하는 것은 배우들이 대사 처리하기에 또 다른 부자연성을 느끼게 하였다.

　한국에서 셰익스피어를 연구하는 학자들이 모이는 한국셰익스피어학회에서 셰익스피어 탄생 450주년을 기념하여 셰익스피어 전작에 대한 새로운 번역을 시도하기로 하였다. 우선 이번 번역은 셰익스피어 원서를 수준 높게 이해하는 학자들이 배우들의 무대 언어에 알맞은 번역을 한다는 점에서 차별성을 두고자 한다. 또한 신세대 학자들이 대거 참여하여 우리말을 현대적 감각에 맞게 구사하여 번역을 하자는 원칙을 정하였다.

　시대가 바뀔 때마다 독자들의 언어가 달라지고 이에 부응하는 번역이 나와야 한다고 본다. 무대 위의 배우들과 현대 독자들의 언어감각에 맞는 번역이란 두 마리 토끼를 잡는 것은 그리 쉬운 일은 아니지만 매우 의미 있는 일일 것이다. 이번 한국 셰익스피어 학회가 공인하는 셰익스피어 전작 번역이 성공적으로 이루어지도록 뒷받침하는 도서출판 동인의 이성모 사장에게 심심한 감사의 뜻을 전하며 인문학의 부재의 시대에 새로운 인문학의 부활을 이루어내는 계기가 되리라 믿는다.

2014년 3월

한국셰익스피어학회 회장 박정근

# 옮긴이의 글

몇 해 전 겨울, 친구들 모임에서였다. 학창시절로 시간을 더듬어 올라가던 한 친구가 당시 수업 시간에 배웠던 『줄리어스 시저』에 대한 기억을 길어 올리더니 "*Et tu, Brute!* 이 얼마나 배신이 난무하는 인간관계의 정곡을 찌른 말이냐!"며 열변을 토했다. 아마도 누군가로부터 배신을 당했던 기억이 떠올랐던 모양이리라. 다른 한 친구가 "시저를 덜 사랑해서가 아니라, 로마를 더 사랑했기 때문"이라는 브루터스의 웅변을 상기하자 대화는 우리나라 역사의 격동기를 겪으며 괴로움으로 아파했던 젊은 날 우리들의 초상을 떠올리는 쪽으로 흘러갔다. 문제는 독재와 저항, 배반과 정의, 반역과 암살 등 권력을 두고 벌이는 갈등과 투쟁이 단지 흘러간 사건으로만 머무는 것이 아니라 정치, 경제, 문화 등 모든 분야를 망라하여 현재에도 계속 진행되고 있다는 사실이다. 역자가 몸담고 있는 대학이나 취미활동 모임 같은 조직에서조차 말이다.

당시의 기억에 대한 아픔이 너무도 컸기에 『줄리어스 시저』는 역자에게 일종의 트라우마로서 기피대상이기까지 했다. 그러나 뜻밖에도 셰익스피어학회 안병대 회장님이 너무도 바쁜 나머지 이 작품의 번역을 반려했다는 소식과 함께 역자에게 번역의사를 타진해왔다. 그 유혹에 역자는 고개를 저으면서도 결국 홀린 듯 넘어가고 말았다. 이번엔 더 이상 회피하지 말고 이 작품과 정면으로 마주하겠노라 다짐하면서.

번역을 하면서 알게 된 사실은 셰익스피어의 희곡 중 『줄리어스 시저』가 1914년에 최초로 우리말로 번역된 작품이란 점이다. 번역 의도가 일제의 식민 지배를 벗어나 자유와 해방을 희구하는 데 있으리라고는 미루어 짐작했지만, 원작의 3막 2장을 번역한 정노식은 실제로 이 부분을 희곡이 아니라 '명연설'로 보고 브루터스의 대사에 담긴 '독재타파'와 '시민의 자유'라는 가치와 대의명분을 강조하고자 앤토니의 연설을 삭제했다(황정현 244-51 참조).[*] 그러한 의도는 연극 공연으로도 이어진 것으로 보인다. 한국 "최초"의 셰익스피어 연극 공연 역시 일제 강점기였던 1925년에 경성고등상업학교 어학부가 올린 『줄리어스 시저』였다는 사실이 이를 뒷받침한다.

『줄리어스 시저』는 고대 로마의 복잡한 역사적, 정치적 지식과 작품에 대한 이해가 수반되지 않으면 독자가 쉽게 이해하기가 어려운 작품이었음에도 불구하고 이광수는 일반 대중을 대상으로 하는 『동아일보』 1926년의 신년호 특집으로 3막 2장을 번역하였다. 정노식과 달리 이광수는 해당 장 전체를 완역함으로써, 브루터스의 연설이 강조한 '자유'와 '독재타파'라는 메시지 외에도 앤토니의 연설과 흔들리는 민중의 모습까지 모두 옮겼다는 점에서 대단히 현대적 해석을 한 것으로 보인다(황정현 256).

그러나 역자가 이광수의 번역에 주목하게 된 데는 이광수가 '역자부언'에서 자신의 번역 태도에 대해 운율을 살리는 등 가급적 원문 손상 없이 그대로 옮기려 했다고 밝히고 있거니와, 신정옥 역시 이광수의 번역에 대해 "원문에

---

[*] 황정현. 「『줄리어스 시저』 번역 연구 —1945년 이전의 번역을 중심으로」. 『한국문학이론과 비평』 17.3 (2013): 243-64 참조.

충실하고, 시적 리듬과 구두점까지 유의하면서 브루터스와 앤토니 연설의 톤을 염두에 둔 것"(황정현 253 재인용)이라는 지적에 동의하기 때문이다. 또한 이광수의 번역이 이미 발화 시 리듬을 고려하고 있으며, 내용의 정확성이나 우리말 문장의 자연스러움에서 상당한 수준에 이르렀다는 평가 역시 역자가 작품을 번역할 때 염두에 둬야 할 지향점을 제시해 주었다.

이후 기억할 만한 번역으로는 1964년 김재남 교수, 1983년 이종수 교수, 1989년 이덕수 교수의 영한대역, 1991년 다시 김재남 교수, 1989년도에 전작을 번역했던 신정옥 교수의 2005년도 개정판, 2009년 김종환 교수, 2014년 최종철 교수가 번역한 『줄리어스 시저』가 있다. 2014년에는 특히 셰익스피어 탄생 450주년을 기념하는 행사가 전 지구적으로 있었지만, 우리나라에서도 김광보가 연출한 『줄리어스 시저』가 명동예술극장에서 공연되어 호평을 받았다. 『줄리어스 시저』는 연극뿐 아니라 <시저는 죽어야 한다>라는 제목으로 영화화되어 2012년에 황금곰상을 수상함으로써 이 극은 다시금 세계적으로 주목의 대상이 되었다. 이 영화는 시저를 압제자로, 브루터스를 자유의 상징으로 해석한 데서 한걸음 더 나아가 "시저는 죽어야 한다"고 말한다. 작품의 절정인 시저의 암살 장면을 통해 타비아니 형제는 오늘날의 현실에서도 반복되고 있는 압제와 배신, 살해의 비극적 역사를 병치해놓았던 것이다(본서 195-96 참조).

이처럼 셰익스피어 작품의 번역 초기에 『줄리어스 시저』에 대한 뛰어난 번역과 해석이 있었다는 사실, 이 작품이 우리나라 최초의 셰익스피어 번역 작품이었다는 사실, 우리나라 최초의 셰익스피어 공연이 바로 이 작품이었다는 사실과 함께 이 극에 대한 다양한 번역본의 존재, 최근 다시 일기 시작한 국내외의 관심 등은 번역하는 역자에게 도움이 됨과 동시에 새삼 부담으로 작용하였으며 번역에 조심스러울 수밖에 없었다.

다행히 기존의 다양한 번역들과 최근 출간된 새 번역들, 그리고 계속되는 저명한 셰익스피어 학자들의 새로운 판본들은 『줄리어스 시저』를 번역하는 데 많은 도움이 되었다. 특히 학부시절 배웠던 아든 시리즈 2판 편집본(1979) 과 새로 수정·보완된 3판 편집본(1998), 뉴캠브릿지 편집본(2003), 옥스퍼드 편집본(1994), 리버사이드 편집본(1997), RSC 편집본(2011) 등은 이 극을 정확히 이해하고 번역하는 데 큰 도움이 되었다. 또한 이 편집본들을 기반으로 공연에 도움이 될 만한 무대 지시 등을 과감히 덧붙였음을 밝힌다.

이 극을 번역할 때 우선적으로 한 작업은 등장인물들 간의 관계를 설정하는 일이었다. 그것은 서양의 인간관계 및 어투를 여하히 우리 사정에 맞는 그것들로 수용하는가 하는 문제와도 관련이 있다. 사료에 의하면 브루터스와 캐시어스는 처남매제지간이면서 동지적 관계이기에 이에 따라 어투도 서로 대등하게 주고받는 것으로 정했다. 다음으로 앤토니(B.C. 83년생)는 옥타비우스(B.C. 63년생)보다 20세나 연장자였기에 때로 앤토니가 경어를 쓰지 않는 경우도 있는 것으로 했지만, 옥타비우스가 점차 권력을 장악해가면서부터는 그의 어투가 좀 더 권위를 갖는 것으로 보이도록 번역하고자 하였다(5막 1 장). 즉 등장인물들의 문화적 관습에 따른 인간관계를 우선적으로 고려하되, 나이라든가 계급차가 확연할 경우 우리식 관습에 따른 어투를 반영하기로 하였다. 물론 이와 같은 역자의 의도가 실제 번역으로 성취되었는지 여부는 독자들이 판단할 몫이다.

번역에 가장 어려웠던 부분은 역시 브루터스와 앤토니의 연설을 비롯하여 전장에서 자신들의 죽음을 예감한 혹은 브루터스와 캐시어스 등이 토로하는 비장한 대사들이었다. 이러한 문제는 대사의 운문을 운문으로, 산문은 산문으로 번역하는 문제와도 맞닿아 있다. 셰익스피어의 운율과 시정을 살려 우리말로 옮기는 일은 역자의 능력을 넘어서는 일이었다. 원문과 번역문 사이의 행수를 맞추는 일도 두 언어의 특성상 쉬운 일이 아니었다. 다만 가급적 운문의 경우 영어 원문과 번역문의 행을 일치시키고자 했으며, 학회의 번역 기획 의도에 부합하도록 3·4조 번역을 지향하되 가급적 배우들의 자연스런 호흡에 맞추어 번역하고자 노력했다. 다만 대사의 호흡이 부자연스럽게 번역될 경우 또는 시적 서정성과의 괴리가 있을 경우에는 정확한 번역을 우선적으로 고려할 수밖에 없었음을 시인한다.

애초에 번역 기획의 방향이 공연대본이었기에, "외국문학 전공자들의 한국문학과 한국어에 대한 이해의 박약"에 대한 신랄한 지적을 통감하면서도, 그러한 지적에 대한 백정국 교수의 "학술적 셰익스피어 번역"에 대한 옹호[*]가 변명을 대신하겠지만, 역자의 번역상 여러 가지 실수와 능력 부족으로 셰익스피어 학회의 번역 기획에 값하지 못함에 대해 미리 용서를 구한다. 큰 바위 위에 작은 돌멩이 하나를 더 얹는다는 심정으로 임한 이 번역이 학문적 연구와 교육뿐만 아니라 대중화와 공연의 활성화 등 각 분야에서 이 작품에 대한 이해의 지평을 열어주고, 우리의 삶 가운데 수시로 직면하게 마련인 정치적, 경제적, 사회적 제반 문제에 대해 질문하고 답을 모색하는 데 조금이라도 도움이 되길 기대한다.

2016년 1월

김성환

---

[*] 백정국. 「학술적 셰익스피어 번역을 옹호하며: 『햄릿』 번역에 대한 소고(小考)」. 『고전르네상스 영문학』. 24.2 (2015): 133-56 참조.

# 개정판을 내며

　　『줄리어스 시저』 번역본이 출간되고 난지 1년여 쯤 뒤에 다시 이 책을 읽을 기회가 있었다. 초판에서 역자 자신의 한국어 구사능력과 이해의 부족에 대해 "학술적 셰익스피어 번역"이라는 구실을 핑계로 자위했지만, 그것은 어쩌면 외국문학 전공자로서의 한계임과 동시에 일종의 고집이 아니었나 하는 생각이 든다. 우선은 번역 작업이란 게 작품을 온전히 우리나라 문화와 정서, 언어에 맞춰 소화해내어야 당연할 것임에도 불구하고 역자 본인이 그러한 능력을 겸비하기엔 역부족임을 인정한다. 설령 갖추게 된다 하더라도 역자로서는 상당한 노력과 시간이 흐른 뒤에야 가능하지 않을까 하는 생각이 든다. 또한 여전히 한국어로 번역된 역서들 가운데에는 뛰어난 우리말 실력에 감탄하면서도, 과연 그러한 번역이 원문에 대한 정확하고도 깊은 이해에 바탕을 둔 것인가에 대해 확신이 서지 않는 경우도 있다. 따라서 역자로서는 "학술적 셰익스피어 번역"을 지향할 수밖에 없었고, 셰익스피어 학회의 번역 기획이 애초에 의도했던 대로 매끄럽고 맛깔난 우리말로 된 공연본이라는 목적에 부합하는 번역을 했다기보다는 각색하는 일은 또 다른 작업을 필요로 하리라 생각한다. 여전히 부족하지만, 출판사로부터 개정판을 낸다는 연락을 듣고, 초판에 드러났던 번역상의 실수와 어색한 말투, 일관성의 결여 등을 조금이나마 가다듬을 수 있게 됨을 다행이라 생각한다. 이러한 기회를 허락해준 도서출판 동인의 이성모 대표께 깊은 감사의 마음을 전한다.

2017년 4월 19일

김성환

# | 차례 |

# 등장인물

장소: 로마, 사르디스 근처, 필리피 근처

줄리어스 시저

줄리어스 시저 사후의 세 집정관
**옥타비우스 시저**
**마크 앤토니**
**이밀리어스 레피두스**

원로원 의원
**시세로**
**퍼블리어스**
**포필리어스 레나**

줄리어스 시저 암살 공모자
**마커스 브루터스**
**캐시어스**[*]
**캐스카**
**트리보니어스**
**리게리어스**
**데시어스 브루터스**
**미텔러스 심버**
**시나**

---

[*] 가이우스 캐시어스 롱기누스(Gaius Cassius Longinus, B.C. 85 ca~42)는 로마 공화정 말기의 정치인이자 군인으로 줄리어스 시저 암살의 주동자이며 마커스 브루터스(Marcus Brutus, B.C. 85-42)의 매제였다.

호민관

**플라비어스**

**마룰러스**

**아르테미도러스**    궤변가

**점쟁이**

**시나, 시인**

**또 다른 시인**

브루터스와 캐시어스의 친구들

**루실리어스**

**티티니어스**

**메살라**

**케이토 2세**

**볼럼니어스**

브루터스의 하인들

**바로**

**클라이터스**

**클로디어스**

**스타라토**

**루시어스**

**다데니어스**

**핀타러스**    캐시어스의 하인

**캘퍼니아**    시저의 아내

**포샤**    브루터스의 아내

**원로원 의원들, 시민들, 호위병들, 시종들, 그 밖의 사람들**

# 1막

# 1장

## 로마의 거리

플라비어스, 마룰러스와 몇 명의 시민들 등장.

**플라비어스** 썩 물러나라! 집에나 가라, 이 놈팡이들, 집에 가.

오늘이 휴일이냐? 뭣이? 모른다고?

직공이면, 직공답게 평일에는

작업복을 입고 다녀야 한다는 걸 모르느냐?

⁵ 말해 봐라, 네 놈 직업이 무엇이냐?

**시민 1** 나리, 목수입죠.

**마룰러스** 네 가죽 앞치마며 줄자는 어딨느냐?

무엇하러 외출복을 빼입고 나왔느냐?

여봐라, 네 놈은 직업이 무엇이냐?

¹⁰ **시민 2** 실은, 나리, 훌륭한 장인에 비하면,

소인은, 나리께서 말씀하시듯, 그저 수선하는 일이나 합죠.

**마룰러스** 허어 직업이 뭐냐고 묻지 않았느냐? 바른 대로 말해라.

**시민 2** 나리, 양심에 거리끼는 일은 하지 않는뎁쇼.

실은, 나리, 망가진 바닥 수선공입죠.

¹⁵ **마룰러스** 직업이 뭐냐 했다, 이놈아, 이 고얀 놈, 직업이 뭐냔 말이다.

**시민 2** 나리, 제발이지, 성내지¹ 마십쇼. 하지만

나리께서 성내시면,[2] 소인이 수선해 드릴 수 있습니다요.

**마룰러스** 무슨 말을 하는 게냐? 나를 수선해 준다고, 이런 건방진 놈!

**시민 2** 물론입죠, 나리 신발을 수선해[3] 드립지요.

**플라비어스** 구두 수선공이란 말이냐?                                    20

**시민 2** 그렇습니다, 나리, 송곳[4]으로 먹고 사는 놈이죠. 소인은

남의 일이나, 여자들 일에는 관심 없고, 오로지 송곳으로

하는 일에만 매달립죠.[5] 소인은, 사실, 헌 구두를 고치는 의사로서,

구두가 위독하게 되면 그것들을 회복시켜 드립죠.

근사한 가죽구두를 신고 다니는 양반들은 모두                              25

제 솜씨를 거쳤습죠.

**플라비어스** 한데 무슨 일로 오늘은 일하지 않는 게냐?

어째서 거리에서 사람들을 몰고 다니는 게냐?

**시민 2** 실은, 나리, 저자들의 신발을 닳게 해서 일거리를 더

맡기 위해서죠. 허나, 사실은 시저님도 보고, 그분의                        30

개선을[6] 축하하려고 오늘 쉬기로 하고 가게 문을 닫았습죠.

---

1. *out*: ① 신발이 닳다(wear out); ② 성내다(angry). 즉 성적으로 흥분하다, 발기하다.
2. *if you be out*: 앞의 각주 참조. ① 나리의 신발이 닳으시면(if your shoes are worn out); ② 나리께서 [성적으로] 흥분하신다면(if you are subject to anger).
3. *cobble*: "신발을 수선하다"라는 의미 외에도 "성교하다"라는 의미의 단어(couple)와 발음이 유사하다.
4. *awl*: 남성의 성기(phallus)를 암시(조광순).
5. *I meddle . . . old shoes*: "meddle"은 "섞다"는 뜻으로 "medlar"라는 단어와 발음이 유사하다. 이 단어는 23-24행의 "old shoes"와 마찬가지로 여성의 성기(vagina)를 암시한다(조광순).
6. 시저는 극중 시점보다 약 1년쯤 전에 스페인에서 폼페이의 아들들의 군대를 격파하

**마룰러스** 무엇을 축하한단 말이냐? 전리품이라도 가지고

돌아온단 말이냐?

시저가 자신의 전차 바퀴에 몸값을 받아낼 포로들이라도

매달고 로마로 돌아온단 말이냐?

35 이 멍청이들, 돌대가리들, 목석만도 못한 것들!

오, 이 무정한 것들, 이 잔인한 것들,

네놈들은 폼페이[7] 장군을 잊었단 말이냐? 수도 없이

네놈들은 성벽과 흉벽으로,

탑이며 창문이며, 굴뚝 꼭대기까지 기어 올라가,

40 팔에 애들을 안고서, 거기 주저앉아

하루 종일 참고 기다렸다.

위대한 폼페이가 로마 거리를 지나가는 걸 보려고 말이다.

그의 전차가 나타나는 것만 보아도,

네놈들은 일제히 소리를 질러대곤 하지 않았더냐?

45 그 함성이 움푹 패인 강둑에 메아리쳐

타이버 강조차 그 강둑 아래에서

---

고(B.C. 45. 3. 17) 10월에 귀국하였다. 그러나 이 극에서 셰익스피어는 B.C. 44년
2월 15일에 열리는 루퍼칼리아(Lupercalia) 축제에 돌아온 것으로 설정하였다(각주
9와 10 참조).

7. *Pompey*: 로마의 장군, 정치가(B.C. 106~48). 시저, 크라서스(Crassus)와 더불어 제1
차 삼두정치를 했다(B.C. 60). 기원전 48년에 파르살리아(Pharsalia)에서 시저에게
패해 살해되었다. 또한 폼페이의 두 아들은 기원전 45년에 스페인의 문다(Munda)에
서 패했다. 마룰러스는 로마인은 로마인에게 승리를 거둔 일을 축하하지 말아야 하
며, 또한 군중들이 폼페이를 망각해버린 데 대해 불평하고 있다.

떨게 하지 않았더냐?

그런데 네놈들은 이제 옷을 빼입고 나왔단 말이냐?

그리고 오늘을 노는 날로 정했단 말이냐?

그리고 지금 꽃을 뿌려댄단 말이냐?                                    50

그자가 폼페이의 혈육을 무찌르고 개선하는 길목에 말이다.

썩 물러들 가거라!

네놈들 집으로 달려가 무릎 꿇고,

신들께 빌어라, 이렇게 배은망덕한 짓을 저질렀으니

반드시 떨어질 천벌을 제발 면하게 해달라고 말이다.              55

**플라비어스**  어서 돌아가, 이놈들, 그리고 속죄하는 의미로

네놈들 같은 가난뱅이들을 다 모아 가지고

타이버 강가로 끌고 가서 그 강에

네놈들 눈물을 쏟아 부어라, 강 밑바닥 물이

강둑의 꼭대기에 닿을 때까지 말이다.                                 60

(시민들 모두 퇴장.)

저보게, 천박한 놈들도 느끼는 게 있나보군.

가책을 느껴선지 꿀 먹은 벙어리가 된 채 사라졌군.

자네는 저 길을 따라 의사당 쪽으로 가게.

난 이쪽 길로 가겠네. 동상에 걸친 장식을 벗겨버리게.

혹시라도 시저 동상에 장식한 게 보이면 말일세.                     65

**마룰러스**  그래도 괜찮겠나?

알다시피 오늘이 루퍼칼 축제일[8]이잖은가.

---

8. 양지기들이 양떼의 수호신으로 숭배했던 고대 로마의 신, 또는 로마인들이 아카디아

**플라비어스**  그게 무슨 상관인가, 그 어떤 동상에도

시저를 위한 장식이 내걸려선 안 되네. 나는 돌아다니면서

70  속물들을 길거리에서 쫓아버리겠네.

그들이 모여 있는 걸 보거든 자네도 쫓아 버리게.

시저의 날개에서 돋아나는 깃털을 뽑아버리면

그자도 보통 높이까지만 날 수 있을 걸세.

그렇지 않으면 그자는 하늘 높이 날아올라

75  우리 모두를 굴종의 두려움에 떨게 할 걸세.  (함께 퇴장)

---

의 목양신 판과 동일시했던 루페르쿠스(Lupercus)를 기려서 2월 15일에 로마에서
거행되었던 풍요와 정화의 축제이다. 로마의 건국신화인 로물루스(Romulus)와 그의
쌍둥이 형제 레무스(Remus)가 늑대의 젖을 빨고 양육되었던 동굴이 루페르칼
(Lupercal)이기도 하다(*Arden, New Cambridge*).

# 2장

## 로마의 거리, 공공장소.

음악 소리가 들리는 가운데 시저 등장; 경주 복장[9] 차림의
앤토니, 캘퍼니아, 포샤, 데시어스, 시세로,
브루터스, 캐시어스, 캐스카 등장;
수많은 군중이 뒤따르고 점쟁이도 보인다.

**시저** 캘퍼니아!

**캐스카**    쉿, 자! 시저께서 말씀하신다.

**시저**                캘퍼니아!

**캘퍼니아** 여기 있습니다.

**시저** 부인, 앤토니가 경주할 때,

---

9. *for the course*: 고대 로마의 건국일과 관련 있는 루퍼칼리아 축제는 이교들의 다산의
신을 기리는 것이었다. 희생제와 기타 제사를 올린 뒤에는 축제의 일환으로 늑대로
부터 자신의 연인을 보호하기 위해 달리기 경주에 참가 하는 남성들이 염소가죽 띠
만을 몸에 두른 채 도시를 통과하여 달리면서 손에 들고 있던 가죽 채찍으로 마주치
는 여인들의 뻗은 손을 때려주었다고 한다. 이 채찍질에 맞으면 불임 여인은 임신을
할 수 있게 되거나 임신한 여인은 순산할 수 있다고 여겨졌는데, 이러한 행위는 대
지와 사람들을 상징적으로 정화하는 것이었다. 이 축일은 "정화하다"(to purify<Gr.
fehrnare)라는 어원에서 파생되었는데, 이 축제가 있었던 달이 Februarius였고, 신 자
신은 Februus라고 불렸다. February의 어원도 바로 여기서 나왔다(*Riverside*). 집정관
이었던 앤토니 역시 이 달리기 경주 참가자들 중 한 사람이었다(*Arden*). 시저의 개선
식은 실제로는 10월에 있었다(*New Cambridge*).

그가 달리는 길목에 서 있으시오. 앤토니!

**앤토니**  예, 시저님?

**시저**  앤토니, 달리는 도중에 잊지 말고

캘퍼니아를 가볍게 때려 주게. 노인들 말에 의하면

애를 못 낳는 여자는, 축일 경주자가 때려 주게 되면

불임의 저주가 풀린다고 하니 말일세.

**앤토니**                                          명심하겠습니다.

시저께서 하라시면 이미 그렇게 된 거나 다름없습니다.

**시저**  시작하라. 의식을 엄수하라.                    (음악 소리)

**점쟁이**  시저!

**시저**  아니! 누가 날 부르느냐?

**캐스카**  모두들 조용하시오. 조용하라 했소!

**시저**  군중들 가운데서 나를 부른 자가 누구인가?

어떤 음악 소리보다도 날카롭게

"시저!"라고 외치는 소리를 들었다. 말해 보라. 시저가 듣겠노라.

**점쟁이**  3월 보름날을 조심하소서.

**시저**                          저자는 누구인가?

**브루터스**  점쟁이인데, 3월 보름날을 조심하라 합니다.

**시저**  그자를 데려오라. 그 얼굴 좀 봐야겠다.

**캐시어스**  여보게, 어서 이리 나와 시저님을 뵙게.

**시저**  방금 내게 뭐라고 했느냐? 다시 한 번 말해 보거라.

**점쟁이**  3월 보름날을 조심하소서.

**시저**  몽상가로군. 내버려 두고 가자.

(나팔 소리. 브루터스와 캐시어스만 남고 모두 퇴장.)

**캐시어스**  경주를 구경하러 가보지 않겠나?                                        25

**브루터스**  난 안가겠네.

**캐시어스**              부탁이니, 함께 가 보세.

**브루터스**  난 경주 같은 걸 좋아하지 않네. 내겐 앤토니가

　　　　　갖고 있는 그런 활달한 기질이 없네.

　　　　　하지만 캐시어스, 자네가 가겠다는 걸 막지는 않겠네.

　　　　　그럼 이만 가보겠네.                                                  30

**캐시어스**  요즘 자네를 유심히 살펴보니

　　　　　그 눈에서 예전에 보이던

　　　　　친절과 우정을 찾아 볼 수 없더군.

　　　　　그대를 좋아하는 친구를

　　　　　너무 딱딱하고 냉정하게 대하고 말일세.

**브루터스**                                   캐시어스,                           35

　　　　　오해 말게. 내가 진실을 감추는 표정을 지었다면,

　　　　　그건 내 안색이 드러내는 문제를 오로지

　　　　　나 자신에게만 돌린 탓일세.

　　　　　요즘 내 개인 문제로

　　　　　심각한 마음의 갈등을[10] 겪고 있네.                                  40

　　　　　그 때문에 아마도 내 행동에 흠[11]이 있었을 걸세.

---

10. *passions . . . difference*: 갈등하는 감정, 마음의 갈등(conflicting emotions)(*New Cambridge*).

11. soil: 흠(blemish, stain)(*New Cambridge*).

하지만 그렇다고 해서 내 친구들까지 언짢아하진[12] 말게.

캐시어스, 자네도 좋은 친구들 중 한 사람일세.

더 이상 내 무심한 태도가 무슨 까닭인지 알려고 하지 말게.

45   그저 불쌍한 브루터스가, 자신과의 싸움으로,

친구들에게 우정을 표하는 것도 잊었다고만 생각해 주게.

**캐시어스**   그렇다면, 브루터스, 내가 큰 오해를 하고 있었네.

그 오해로 인해 이 내 가슴속에 중요한 생각과

심사숙고해야 할 일들을 묻어두고 있었네.

50   말해보게, 브루터스, 자네는 자신의 얼굴을 볼 수 있나?

**브루터스**   물론 볼 수 없네, 캐시어스. 다른 어떤 것에 비춰보지

않고는 제 눈으로 자기 자신을 볼 수는 없는 일이지 않겠나.

**캐시어스**   옳은 말일세.

그런데 브루터스, 자네의 숨은 가치를

55   자네 눈에 비춰주어서 자신의 참모습을

볼 수 있게 해줄 그런 거울이 없다는 건

몹시 애석한 일이네. 듣자 하니,

저 신과 같은 시저를 제외한 로마의 많은 지도층 인사들이,

자네에 대해 얘기하고

60   이 시대의 압제 아래 신음하면서

고결한 브루터스가 자신을 보는 눈이 있으면 좋겠다고 하더군.

**브루터스**   캐시어스, 나를 어떤 위험으로 끌어들이려는 건가?

나에게 있지도 않은 것을

---

12. *griev'd*: 기분나빠하다, 언짢아하다(offended)(*New Cambridge*).

날더러 찾으라고 하니 말일세?

**캐시어스**  브루터스, 내 말 좀 들어 보게.　　　　　　　　　　　　　65

자네는 거울에 비춰보지 않고는 자신의 모습을

볼 수 없다고 했으니, 내가 거울이 되어,

자네가 아직 자신에 대해 모르고 있는 참모습을

있는 그대로 볼 수 있도록 해주겠네.

그렇다고 나를 의심하진[13] 말게, 브루터스.　　　　　　　　　　70

내가 만인의 웃음거리이거나, 혹은

친구가 되겠다고 공언하는 자에게는 아무에게나

싸구려 맹세로 우정을 파는 놈이라면,

내가 사람들에게 아첨하여 그들을 힘껏 포옹하고

뒤로는 험담이나 해대고, 혹은　　　　　　　　　　　　　　　75

연회석상에서는 아무에게나 우정을 떠벌리는 놈으로

알고 있다면, 그렇다면 나를 위험한 인물로 생각해도 상관없네.

　　　　　　　　　　　　　　　　　　(나팔 소리와 함성.)

**브루터스**  이 함성의 의미가 무엇인가? 혹시나 시민들이

시저를 왕으로 추대할까 걱정되는군.

**캐시어스**　　　　　　　　　　　　오, 그게 걱정된단 말인가?

그렇다면 그렇게 되길 원치 않나보군.　　　　　　　　　　　　80

**브루터스**  원치 않네, 캐시어스. 허나 시저를 무척 좋아하긴 하네.

그런데 왜 나를 이렇게 오래 여기에 잡아둘 건가?

내게 하고 싶은 말이 대체 뭔가?

---

13. *jealous on*: 의심하다(suspicious of).

만일 그게 공익에 관한 일이라면,

85 한쪽 눈에는 명예가, 다른 쪽 눈에는 죽음이 놓여 있다 해도,

나는 그 두 가지를 다 공평하게 바라볼 걸세.

신들께서 도와주사[14] 내가 죽음을 두려워하느니

명예를 더 귀히 여기는 사람이 되게 해주길 바라기 때문일세.

**캐시어스** 자네에게 그런 미덕이 있다는 걸 잘 알고 있네, 브루터스,

90 내가 자네의 얼굴[15]을 익히 알고 있듯이 말일세.

그런데 내가 말하려는 게 바로 명예에 관한 걸세.

난 자네나 다른 사람들이 이런 삶을 어떻게

생각하고 있는지 모르겠네. 하지만,

내 생각을 말하자면, 나 자신과 다를 바 없는[16]

95 인간을 두려워하며 사느니 차라리 죽는 편이 낫겠네.[17]

나도 시저처럼 자유인으로 태어났고, 자네 역시 마찬가질세.

우리도 그자가 먹는 음식을 먹고, 그자처럼

겨울의 추위도 잘 견딜 수 있네.

한 번은 어느 쌀쌀하고 바람이 몰아치던 어느 날,

---

14. *gods so speed me*: 내게 호의를 베푸사; 나를 도와주사(Godspeed me=God favor me).

15. *outward favour*: 외모; 얼굴 모양(outward appearance). "외양을 알다"(know your outward favour)는 대체로 호의적인 의미로 쓰임(*Riverside*).

16. *such a thing as I myself*: 나 자신과 하등 다를 바 없는 사람(a man no different from myself)(*New Cambridge*).

17. *I had as lief not be*: 나는 차라리 즉시 죽어버리겠소(I would just as soon be dead). 캐시어스는 성마른 자에다 암암리에 시저를 증오하기 때문에 브루터스를 부추겨 시저에게 반기를 들도록 하고 있다. 또한 "lief"와 live는 발음이 같다.

거친 타이버 강 물결이 강둑을 치고 있었는데,                    100

시저가 내게 "캐시어스, 자네는 지금

나와 함께 이 성난 강물에 뛰어들어,

저 건너편까지 헤엄쳐갈 수 있겠나?"라고 말하더군.

그 말을 듣자마자 나는 갑옷을 입은 채[18] 강물에 뛰어들어

그에게 따라오라고 했네. 물론 그도 그렇게 하더군.            105

급류가 포효했고, 우리는 강건한 근육으로

그 급류와 싸우면서, 경쟁하듯

그 급류에 대항하여 물살을 헤쳐 나갔네.

하지만 우리가 가기로 한 목적지에 도달하기도 전에,

시저가 이렇게 외쳤다네, "도와줘, 캐시어스, 빠져 죽겠네!"    110

우리의 위대한 조상 아에네아스[19]가

트로이 성의 불구덩이에서 연로한 아버지 안키세스를

어깨에 메고 구해냈듯이, 나도 타이버 강의 파도에서

지쳐버린 시저를 구해주었네. 그런데 그자는

이제 신과 같은 존재가 되고, 캐시어스는                      115

비참한 놈이 되어 시저가 무심코 고개만 까딱해도,

몸을 굽실대야 한다네.

시저가 스페인에 있을 때, 열병에 걸린 적이 있었네.

그런데 그에게 발작이 일어나자, 얼마나 떨어대는지

---

18. *Accoutred*: 갑옷을 입다(dressed in armour); 완전무장을 하다(fully armed).

19. *Aeneas*: 그리스 신화에 의하면 트로이의 용사로, 안키세스(Anchises)와 아프로디테 (Aphrodite)의 아들로, 서사시 ≪아에네이드(*Aeneid*)≫의 주인공이다.

내가 직접 목격했네. 정말일세. 이 신께서 벌벌 떨더란 말일세.[20]

겁에 질린 입술에서는 핏기가 달아났고,[21]

눈짓만으로도[22] 세상을 두렵게 하던 그 눈도

광채를 잃었네. 그가 신음하는 소리도 들었네.

아, 그리고 로마인들이 주목하고, 그가 한 말을

책에 적어 놓게 만들던 바로 그의 혀가,

글쎄, 병든 계집처럼 "마실 것 좀 주게, 티티니어스"[23]라고

외치더군. 참으로 기막힌 일 아닌가.[24]

그토록 허약한 체질의[25] 인간이 온 세상을 걸고

힘과 명예를 겨루는 내기에서 남보다 앞서

홀로 승리의 월계관을 차지하다니.[26] (함성. 나팔 소리)

---

20. *this god did shake*: 캐시어스는 시저가 타이버 강에서 허우적대는 걸 자신이 구해주었다거나 열병에 걸려 약한 모습을 드러내는 등에 대해 묘사하면서 시저가 신성불가침의 신적인 존재가 아니라 자신과 하등 다를 바 없는 "나약한 인간"에 지나지 않는다는 사실을 강조하고 있다(*New Cambridge*).

21. *His coward . . . colour fly*: 도망치는 병사들처럼 입술에서 핏기가 달아나다. 셰익스피어는 자신의 군기(colours: flag)를 버리고 달아나는 병사의 모습과 시저의 창백한 입술 색깔(color: hue)로 편을 사용하고 있다(*New Cambridge*).

22. *bend*: 눈짓, 한 번 흘긋 봄(glance)(*Arden*).

23. *Titinius*: 플루타르크는 티티니어스를 "캐시어스의 친한 친구들 중 한 사람"으로 언급한다(*New Cambridge*).

24. *amaze*: 망연자실하게 하다, 어처구니없다, 기막히다(stupefy). 셰익스피어는 "amaze"를 현대적 의미보다 훨씬 강력한 뜻으로 사용하고 있다(*Arden, New Cambridge*).

25. *temper*: (정신적보다 육체적) 체질(physical constitution); 기질(temperament)(*Arden, New Cambridge*).

26. *get the start of . . . palm alone*: 온 세상을 걸고 힘과 명예를 겨루는 내기에서 다른

**브루터스**                              또 일제히 함성을 지르는가?      130

　　이 환호성은 필시 시저에게 새 영예가

　　더해지기 때문인게 분명하네.

**캐시어스**　그러게 말일세. 그자는 마치 콜로서스 거인상[27]처럼

　　이 비좁은 세상에 두 다리를 버티고 서 있고,

　　우리 하찮은 인간들은 그 거대한 가랑이 밑으로 오가면서      135

　　우리들 자신의 수치스런 묘 자리나 찾으러 곁눈질하고 있네.

　　인간은 때로 자기 운명의 주인이 될 수도 있네.

　　우리가 아랫것이 되는 건, 친애하는 브루터스,

　　운명의 별 때문이 아니라, 우리 자신이 잘못하기 때문일세.

　　브루터와 시저라. 도대체 "시저"란 이름에 뭐라도 있단 말인가?

　　어째서 그 이름이 자네 이름보다 더 유명해져야 한단 말인가?      141

　　두 이름을 나란히 써 놓고 보면, 자네 이름 역시 훌륭하네.

　　이름을 불러보게. 자네의 이름도 좋게 들리고,

---

자들보다 앞서 승리의 영광을 홀로 독차지하다(leap ahead of the whole world of the noble men in the race for power amd honor, and carry off the palm of victory all by himself)(*Arden, New Cambridge*).

27. *Colossus*: B.C. 407년경, 군사 및 교통의 요충지이자 당시 무역의 중심지로서 상업적으로 번성하였던 로도스 항구에 세워진 태양신 아폴로의 청동 거상으로 유명하였다. 건설 내용은 마케도니아의 침략을 막아낸 도시국가연합의 기념비적 동상으로, 그들이 침략할 때 사용했던 무기들을 팔거나 녹여 12년에 걸쳐 높이 36m의 청동상으로 양발을 벌리고 로도스의 항구를 지키는 자세로 한 손에는 머리 위로 큰 횃불을 들고 있었다고 전해진다. B.C. 224년에 지진에 의해 파괴된 데다, 654년에 침략한 아랍인들이 이 청동상을 분해하여 유대인에게 팔아버림으로써 이 거대한 청동상은 전설이 되어버렸다고 한다. 세계 7대 불가사의 중 하나.

저울에 달아보면 무게도 같네. 두 이름으로 주문을 외워보게.[28]

"브루터스"라는 이름도 "시저" 못지않게 당장에 귀신을 불러낼 걸세.

146 자, 모든 신들의 이름으로 당장 알아봐야겠네.

이 시저란 자가 대체 무엇을 먹고 자라서 그렇게

위대해졌단 말인가? 세월이여,[29] 그대는 수치를 당했구나!

로마여, 그대는 고귀한 혈통을 다 잃었구나![30]

150 대홍수 이래로, 단 한 사람이 명예를 독점하던 시대가

언제 있었단 말인가?

지금까지 로마에 대해 말할 때, 언제

드넓은 로마의 성벽이 단지 한 사람만을 품었던 때가 있었나?

그 안에 단 한 사람만이 있게 된 지금이야말로,

155 진정한 로마, 넓고 넓은 영토로다.[31]

오, 자네와 나는 선친들이 하는 얘기를 들었지,

옛날, 브루터스 가운데 선조 한분이[32] 계셨는데, 그분은

---

28. *conjure with 'em*: 신을 불러내다(use them as names with which to conjure up spirits), 주문을 걸다.

29. *Age*: 세월, 세태(the age we are live in).

30. *lost . . . noble bloods*: 즉 그대의 귀족들은 모두 타락했구나(your nobles are all degenerate). 여기서 blood는 혈통의 의미 대신 기상(spirit)의 의미로도 사용할 수 있다(*Arden*). 캐시어스는 아마도 의도적으로 여기서 부르터스가 의식하고 있는 자신의 집안 내력을 언급하고 있는 것으로 보인다(아래 각주 27 참조).

31. *Now . . . enough*: 이제 로마에는 [시저 한 사람밖에 없어서] 여유가 있으니 진정으로 로마라고 불릴 수 있다(it may certainly be called Rome now there is so much room in it). 또한 셰익스피어 시대에는 Rome와 room의 발음이 동일하였기에 두 단어를 편으로 사용한 것으로 보인다(*New Cambridge*).

로마에서 왕이 쉽사리 왕좌를 지키도록[33] 하느니 차라리

영원히 악마가 다스리도록 하는 게 낫다고 하셨지.

**브루터스**   내게 호의를 품고 있다는 사실은 전혀 의심하지 않네.[34]    160

바라는 게[35] 무엇인지도 짐작이 가네.[36]

이번 일과 이 세태에 대한 내 생각은

다음에 자세히 말하겠네. 허나 당장은,

우정을 두고 간청하네만, 더 이상

흔들리고 싶지 않네. 자네가 한 말은    165

고려해 보겠네. 자네가 하고 싶어 하는 말도

참고 들어 주겠네. 그러니 그렇게 중요한 일을

듣고 답하기에 적절한 때를 마련하겠네.

그 때까지는, 이보게, 이 말을 새겨듣게.[37]

나 브루터스는 차라리 촌부가 되고 싶네.    170

---

32. *a Brutus once*: 브루터스 가문은 공화정을 신봉한 것으로 전해진다. B.C. 509년, 로마 공화정을 신봉했던 루시어스 브루터스(Lucius Junius Brutus)는 로마의 해상무역을 중단시켜 경제난을 겪게 하면서 권력을 독점하려는 에트루리아의 타퀸 왕가(the Tarquinius), 특히 로마 최후의 7대 왕 '독재자 타퀸'에게 반란을 일으켜 그를 로마에서 추방하는 일을 주도한 자로 유명하다. 타퀸 가문의 추방은 로마 왕정이 몰락하고 공화정이 들어서게 되는 결정적 계기가 되었다. 플루타르크에 따르면 마커스 브루터스는 자신이 바로 이 루시어스 브루터스의 후손이라고 주장했다 (*Arden*). 루크리스(Lucrece)의 능욕 참조.

33. *keep his state*: 그의 왕좌를 유지하다(to maintain his court); 통치하다(to reign).

34. *nothing jealous*: 전혀 의심할 게 없네(not at all doubtful)(*Arden*).

35. *work*: 설득하다(persuade)(*Arden*).

36. *aim*: 짐작하다(guess); 추측하다(conjecture).

37. *chew upon*: 심사숙고하다, 새기다(ruminate, think over).

요즘처럼 이 어려운 상황이

우리에게 가하는 것과 같은 압제를 견디며

스스로 로마의 아들임을 자랑하기보다는 말일세.

**캐시어스**                                    별것 아닌 내 말이

브루터스에게 이 정도로

175  불꽃을 일으키게 했다니 기쁘군.


시저와 일행 다시 등장.


**브루터스**  경주가 끝나고 시저가 돌아오고 있네.

**캐시어스**  그들이 지나갈 때, 캐스카의 옷소매를 잡아당겨 보게.

그러면 그 빈정거리는 투로,

오늘 어떤 볼만한 일이 있었는지 말해줄 걸세.


시저와 그의 일행 다시 등장.


180  **브루터스**  그렇게 하겠네. 헌데, 저것 좀 보게, 캐시어스,

시저의 이마에는 노기가 서려있고,

나머지 일행은 모두 야단맞은 시종들 같군.

캘퍼니아의 두 뺨은 창백하고, 시세로[38]는

족제비[39]처럼 붉고 이글거리는 눈을 하고 있네.

---

38. *Cicero*: 여기서 시세로에 대한 묘사는 셰익스피어 자신의 상상에 의한 것이다. 시세
    로의 눈이라든가 표정 등에 대해서 이렇게 묘사한 기록은 없다(*Riverside*).

39. *ferret*: 흰족제비. 눈알이 충혈 되어 붉으며, 몸집은 작으나 성질이 사납다. 시세로의
    눈이 맹렬한 분노로 충혈 되어 있음을 족제비의 눈에 비유한 것이다(*Arden*).

의사당에서 다른 원로원 의원들과 논쟁할 때                    185

보여줬던 바로 그런 눈빛을 하고 있네.

**캐시어스**  캐스카가 무슨 일인지 말해줄 걸세.

**시저**  앤토니!

**앤토니**     예?

**시저**  내 주위에는 뚱뚱한 사람들만 두고 싶군.

머리도 단정히 빗고 밤에 잠도 잘 자는 그런 자들 말이야.        190

저기 저 캐시어스는 마르고 굶주린 상이야.

생각이 너무 많아. 저런 자들은 위험해.

**앤토니** 두려워 마십시오, 시저, 저자는 위험하지 않습니다.

저자는 고결한 로마인이요, 성품도 좋습니다.

**시저**  저자가 좀 더 뚱뚱하면 좋겠는데! 허나 두려워하진 않아.

만약에 내가 두려워할 자가 있다면,                       196

그 누구보다 먼저 피해야 할 자가

바로 저 말라빠진 캐스어스일세. 저자는 책을 많이 읽어.

관찰력도 뛰어나고, 사람들의 행동을

바닥까지 꿰뚫어 보거든. 연극도 싫어하지.                 200

앤토니, 자네와는 달리 말이야. 저자는 음악도 좋아하지 않아.

잘 웃지도 않는데다, 어쩌다 웃어도

자신을 조소하거나, 별 것도 아닌 것에 웃어버린

자신을 경멸하는 그런 식의 웃음을 짓거든.

그런 자는 자신보다 더 훌륭한 사람을 보면                 205

마음이 편치 않는 법이야.

그러니 그런 자는 대단히 위험해.

내 말은 자네가 두려워할 인물을 말한 것이지,

내가 두려워하는 자를 말한 건 아니야. 나는 항상 시저니까.

210   이리 오른편으로 오게, 이쪽 귀는 안 들리니까.[40]

저자에 대한 자네 생각을 솔직하게 말해보게.

(나팔 소리. 캐스카만 남고 시저와 그의 수행원들 퇴장.)

**캐스카** 내 옷자락을 잡아당기시던데, 하실 말씀이 있으시오?

**브루터스** 그렇소, 캐스카. 오늘 무슨 일이 있었기에,

시저가 저리도 심각한[41] 표정이오.

215   **캐스카** 아니, 그와 함께 있었지 않았소?

**브루터스** 그랬다면 당신에게 무슨 일이 있었는지 묻지 않았을 거요.

**캐스카** 그야, 시저에게 왕관이 바쳐졌었소. 그러자

시저는 그것을 손등으로 물리쳤소,[42]

이렇게. 그러자 시민들이 온통 함성을 질러댔소.

220   **브루터스** 두 번째 함성은 무엇 때문이었소?

**캐스카** 역시 같은 일 때문이었소.

---

40. *this ear is deaf*: 플루타르크는 시저가 귀머거리란 언급을 전혀 하지 않는다. 이러한 인간적 결함은 앞의 대사에서 자신을 신적인 존재로 언급한 직후에 도입됨으로써 시저 역시 평범한 인간에 지나지 않음을 강조한다(*Arden*).

41. *sad*: 심각한(=serious, grave).

42. *with the back of his hand*: 진정으로 강력한 거절은 손바닥을 밖으로 해서 물리치는 표시를 하는 데 반해 시저는 그렇지 않았음을 보여준다. 이러한 제스처는 시저가 내심 왕이 되고자 하는 욕망이 있었음을 의미한다. 플루타르크 역시 "시저가 증오를 산 가장 큰 이유는 그가 왕이라 불리고 싶어 하는 욕망 때문"이라고 지적한다(*Riverside* 재인용).

**브루터스** 세 번째 함성을 지르던데, 마지막은 무엇 때문이었소?

**캐스카** 그것도 같은 일 때문이었소.

**브루터스** 세 번이나 왕관을 바쳤단 말이오?

**캐스카** 글쎄, 그랬다니까, 그런데 그는 세 번 다 물리쳤는데, 225
그 때마다 전보다 좀 더 약하게 물리쳤소. 물리칠 때마다
순진한 우리 이웃들이 함성을 질러댔소.

**캐시어스** 누가 왕관을 바쳤소?

**캐스카** 그야, 앤토니였지요.

**브루터스** 그 광경을 좀 말해보시오, 고결한 캐스카. 230

**캐스카** 그걸 입에 담느니 차라리 목매다는 게 낫겠소.
그건 순전히 광대 짓이었소. 난 자세히 보지도 않았소. 앤토니가
왕관을 바치는 걸 그냥 보았소. 그런데 그것은 왕관도
아니고 그저 보통 관이었소. 말했다시피,
시저는 일단 왕관을 물리쳤소. 하지만 그럼에도 내 생각엔 235
그걸 아주 탐내는 듯이 보였소. 그런데 다시
바치자, 시저는 그걸 다시 물리쳤소. 하지만 내 생각엔
그것에서 손가락을 떼기가 무척 싫었던 것 같았소.
그러자 앤토니는 왕관을 세 번째로 바쳤소. 시저는
세 번째도 역시 물리쳤소. 헌데 그자가 물리칠 때마다, 240
어중이떠중이들은 함성을 지르고 튼 손으로 박수를 치며
땀이 밴 모자를 공중으로 집어 던지고, 시저가 왕관을
거절했다고 해서 고약한 냄새나는 입김을 풍겨대니
시저가 거의 질식할 지경이었소. 실제로 그자가

245 기절해서 쓰러지고 말았소. 나로 말할 것 같으면,

감히 웃을 수도 없었소. 입을 열었다간

더러운 공기를 들이마시게 될까봐 말이오.

**캐시어스** 그런데 잠깐만, 시저가 기절했단 말이오?

**캐스카** 광장에서 쓰러져서, 입에 거품을 물고

250 아무 말도 못했소.

**브루터스** 그럴 법한 일이오. 그자는 간질병[43]이 있소이다.

**캐시어스** 아니오. 간질병은 시저가 아니라, 자네와 나

그리고 정직한 캐스카가 갖고 있네.[44]

**캐스카** 그 말의 저의를 모르겠으나, 시저가 쓰러진 것만은

255 확실하오. 어중이떠중이들이, 마치 극장에서 배우들에게

하듯이, 그자가 자기들 맘에 들면 박수를 치고, 맘에 안 들면

야유를 보내지 않았다면,

난 거짓말쟁이요.

**브루터스** 다시 정신을 차렸을 땐 뭐라고 합디까?

260 **캐스카** 글쎄요, 시저는 쓰러지기 전에 왕관을 거절하는 걸

군중들이 좋아한다는 사실을 알고는,

내 앞에서[45] 갑자기 상의를 열어젖히더니 그들에게

---

43. *falling sickness*: 간질병(epilepsy). 플루타르크는 시저가 간질병이라는 사실을 언급하지 않았다. 시저의 간질병은 그가 귀머거리라는 언급과 더불어 셰익스피어가 의도적으로 그 역시 나약한 인간에 지나지 않는 존재임을 시사하는 것으로 보인다.

44. 캐시어스는 의도적으로 브루터스의 말을 비틀어서 쓰러지는 건 시저가 아니라 그들이 시저의 지배하에 무릎을 꿇는 노예라는 사실을 의미한다.

45. *me*: 여기서 "me"는 여격(dative)의 의미로 쓰였다. 따라서 "me"는 내게(for me, to

자기 목을 베라고 내밀었소. 내가 만일 보통 직공[46]이면서도
그자 말대로 목을 베지 않았다면, 내 차라리 악당들과 함께
지옥에 떨어져도 상관없소. 그리고서 그자가 쓰러졌는데                    265
정신을 차리자, 혹시 자기가 무슨 실언이나
실수를 했다면, 그것은 자기 질병 탓으로 생각해
주기를 바란다고 말했소. 그러자 서너 명의 아낙네들이,
내가 서 있던 자리에서, "저런, 착한 분도 있나!" 하고 외치며
진심으로 그자를 용서해 주었소. 그러나 그런 아낙네들을                    270
신경 쓸 건 없소. 설령 시저가 자기네 어미를 죽였어도,[47]
그들은 같은 말을 했을 것이오.

**브루터스**  그 일이 있은 뒤라, 그렇게 심각한 표정으로 자리를 떴던 거요?

**캐스카**  그렇소.

**캐시어스**  시세로는 뭐라고 합디까?                                    275

**캐스카**  그렇소, [유식하게] 희랍어로 뭐라고 합디다.[48]

**캐시어스**  무슨 내용이었소?

**캐스카**  나 이거야, 그걸 말하면, 다시는 당신 얼굴을
똑바로 쳐다볼 수 없을 거요. 그러나 알아들은 자들은
서로 미소 지으며 고개를 가로저었소. 하지만, 나로서는                    280
도무지 무슨 말인지 알아들을 수 없었소.[49] 전해줄 소식이

---

me), 즉 내 앞에(before me) 혹은 내 앞에서(in my presence).

46. *a man of any occupation*: 장인(匠人) 혹은 점원(tradesman)과 같은 시민.

47. *stabb'd their mothers*: 음란한 행위를 암시한다.

48. *he spoke Greek*: 오늘날 식자들이 불어를 사용하듯이 당시 유식한 로마인들은 희랍
어를 사용했다([유식하게]는 역자 삽입).

또 있소. 마룰러스와 플라비어스가 시저의 상(像)에서

장식물을 걷어치운 죄로 파면되었다 하오. 그럼 안녕히 계시오.

어리석은 짓들이 더 있었지만, 일일이 다 기억을 못하겠소.

285 **캐시어스** 오늘 밤에 함께 식사하지 않겠소, 캐스카?

**캐스카** 아니오, 선약이 있어서요.

**캐시어스** 그럼 내일 점심이나 함께 하시겠소?

**캐스카** 그럽시다. 내가 살아 있고 당신 마음도 변치 않고

음식도 먹음직하다면.

290 **캐시어스** 좋소, 그럼 기다리겠소.

**캐스카** 그럽시다. 두 분 다 안녕히.                          (퇴장.)

**브루터스** 저 친구 저렇게 퉁명스런 자가 되다니!

학창 시절엔 성격이 활달했는데.

**캐시어스** 지금도 그렇다네, 어떤 대담한 일이나

295 고결한 일을 수행할 때는.

겉으로만 굼뜬 체 하는 걸세.

이런 무뚝뚝한 태도는 그의 기지에 양념 역할을 해서,

사람들에게 그의 말을 더욱 맛있게 소화하도록

입맛을 돋워 준다네.

300 **브루터스** 그렇군. 그럼 지금은 이만 자네와 헤어져야겠네.

내일, 무슨 할 얘기가 있거든,

내가 자네 집으로 가든가, 혹 괜찮다면,

---

49. *it was Greek to me*: 알아들을 수가 없었소(I could not understand it). 그러나 역사
에 의하면 캐스카는 희랍어를 잘 했다(*New Cambridge*).

내 집으로 오게나. 기다리고 있겠네.

**캐시어스**  그렇게 하겠네. 그 때까진, 세상사를 생각해 보게. (브루터스 퇴장.)

자, 브루터스, 자네는 고결한 사람이야. 하지만　　　　　　305

자네의 고결한 정신[50]도 타고난 성품과는

다르게 바뀔 수 있지. 그러니 고결한 마음을

가진 자들은 그런 자들끼리 사귀어야 하는 법.

유혹에 넘어가지 않을 만큼 단호한 사람이 어디 있겠나?

시저는 나를 미워하지만, 브루터스는 좋아한단 말이야.　　　310

내가 브루터스이고, 그가 캐시어스라면,

그가 나를 마음대로 바꾸지는 못할 거야. 오늘 밤,

여러 사람 필체로 쓴 글을 그의 집 창문 안에 던져 넣어야지.

여러 시민들이 보낸 것처럼 말이지.

그 글에다 로마 시민들 모두 브루터스의 명성을　　　　　315

높이 평가한다고 적고, 거기다 또 넌지시

시저의 야심도 은근히 비쳐봐야 되겠다.

그 뒤로는 시저가 앉은 자리를 꼭 붙잡게 해야겠지.

그 자리를 흔들어 줄 테니. 그래도 안 나가떨어지면 세상은 더욱

견디기 힘들게 될게야.　　　　　　　　　　　　　(퇴장.)

---

50. *metal*: 기질, 정신(disposition, spirit)(=mettle). 여기서 "metal"을 쓴 이유는 뒤에
오는 "wrought"(가공하다, 빛다)와도 관련이 있다.

# 3장


**같은 장소, 길거리.**

천둥과 번개. 한 쪽에서 칼을 빼든 캐스카, 맞은편에서 시세로 등장.

**시세로** 안녕하시오, 캐스카. 시저를 댁으로 모셔다 드렸소?

왜 그리 숨이 가쁘시오? 왜 그리 노려보는 거요?

**캐스카** 아무렇지 않소? 대지가 온통 균형을 잃고

현기증이 나도록 흔들리고 있지 않소? 오 시세로,

노한[51] 광풍이 옹이진[52] 참나무를 찢어 놓는 폭풍우도

본 적이 있고, 거센 파도가

솟구쳐 성내며 물거품을 일으켜,

험하게 위협하는 먹구름까지 치솟는 걸 본 적도 있소.

하지만 오늘 밤 같은 일은, 지금까지 처음이오.

불비를 쏟아 붓는 것 같은 폭풍 말이오.

하늘에 내란이 일어난 건지,

아니면 오만불손한 인간들을 보고

진노한 신들이 이 세상을 파괴하려 보낸 건지 모르겠소.

**시세로** 아니, 더 괴이한 일이라도 보았소?

---

51. *scolding*: 분노한, 격렬한, 맹렬한(raging).
52. *knotty*: 매듭이 많은, 따라서 옹이 투성이의(full of knots), 즉 단단한(hard).

**캐스카** 모두들 보면 아실만한[53] 어떤 노예 놈이,                                   15

　　　　 왼손을 치켜들자, 횃불 스무 개를

　　　　 합친 것처럼 불길이 타오르고 있었는데도 그놈은,

　　　　 뜨거워하지도 않고, 화상도 입지 않았소.

　　　　 게다가―그 때부터 난 줄곧 칼을 빼들고 있었소만―

　　　　 의사당 근처에서[54] 사자를 만났는데,                                   20

　　　　 그놈은 나를 노려보곤, 해치지[55] 않고

　　　　 어슬렁거리며 지나가 버렸소. 그리고

　　　　 공포에 파랗게 질린[56] 백여 명의 여자들이

　　　　 한데 모여 있었는데, 그들은 온통 불길에 휩싸인

　　　　 남자들이 거리를 오가는 걸 봤다고 맹세했소.                              25

　　　　 심지어 어제는 밤에나 나도는 부엉이가

　　　　 한낮인데도 광장에 내려앉아 부엉부엉

　　　　 날카롭게 울어댔소. 이런 이상한 흉조들이

　　　　 한꺼번에 일어났는데, "다 이유가 있는 거지,

　　　　 그게 다 자연현상이야"라고만 말할 수는 없잖겠소.                         30

　　　　 내 생각엔, 그러한 괴변들은

　　　　 이 나라에 무슨 불길한 일이 일어날 전조인 것만 같소.

**시세로** 정말이지 해괴한[57] 시절이로군.

---

53. *common*: 소문난, 모르는 사람이 없는(public).

54. *Against*: 근처에서(near to).

55. *annoying*: 위해를 가하다(injuring, harming).

56. *ghastly*: 파랗게 질린(white faced), 유령과 같은(ghostlike).

57. *strange-disposed*: 비정상적인(abnormal), 희한한(extraordinary).

하지만 사람들은 세상일을 자기네 멋대로 해석해서,

35 　본래의 의도[58]와는 전혀 달리 생각하기 일쑤지요.

시저는 내일 의사당에 나오신답니까?

**캐스카** 오신답니다. 앤토니에게 일러서

내일 거기 갈 거라고 당신께 전하라 했으니까.

**시세로** 그럼 잘 가시오, 캐스카. 이렇게 궂은 날씨에는

돌아다니는 게 아니오.

40 **캐스카** 　　　　　　　안녕히 가시오, 시세로. 　　　(시세로 퇴장)


캐시어스 등장


**캐시어스** 게 누구요?

**캐스카** 　　　　　로마 시민이오.

**캐시어스** 　　　　　　목소리가 캐스카로군.

**캐스카** 귀도 밝소. 캐시어스, 무슨 밤이 이렇소!

**캐시어스** 아주 유쾌한 밤이오, 정직한 사람에겐.

**캐스카** 하늘이 이렇게 위협할 줄 누가 알았겠소?

45 **캐시어스** 세상이 부정으로 가득하단 걸 아는 자들은 다 알았을 거요.

날 보시오, 이렇게 거리를 쏘다니며,

위험한 밤에 몸을 내맡기고,

보다시피 이렇게 앞가슴을 풀어헤치고,[59]

---

58. *purpose*: 의도, 의미(meaning).

59. *unbraced*: 자신의 옷을 풀어 헤치고, 즉 가슴을 드러내고(with his doublet unbuttoned, i. e., exposed).

벼락에게[60] 내 가슴을 드러내 보여줬소.

그리고 시퍼런 번갯불이 하늘 한복판을                                         50

찢어 젖히는 것을 보고, 나는 바로

그 번갯불이 치는 곳에 뛰어들어 내 몸을 들이댔소.

**캐스카** 하지만 무슨 일로 그렇게 감히 하늘을 시험했소?

전능하신 신들이 그토록 무시무시한 재앙의 징조를

보내어 우리를 놀라게 할 때는                                               55

마땅히 두려워 떠는 게 인간이 할 일이오.

**캐시어스** 참으로 답답하오, 캐스카, 로마인이라면 마땅히

지녀야 할 생명의 불꽃이 당신에겐 없거나,

아니면 있어도 쓰지 않는 게 분명하오. 당신은 하늘의 기이한

노여움을[61] 보고는 창백한 표정을 하고                                      60

공포에 질려 넋을 잃고 멍하니 있구려.

하지만 참된 원인을 곰곰이 따져보면

왜 이리 불비가 퍼붓고, 유령들이 배회하고,

짐승들이 본성에서 벗어난 짓을 하며,

노인, 바보, 어린애까지 예언을 하며,[62]                                      65

왜 이 모든 것들이 그 본래의 습관과

본성과 타고난 기능에서 벗어나

기이한 모습들을 보여주는지, 당신도 알게 될 거요,

---

60. *thunder-stone*: 벼락(thunderbolt).

61. *impatience*: 격노(violence).

62. *calculate*: 예언하다(prophesy)(*Arden*).

하늘이 이들 모두에게 정기를 불어 넣어,

70 　어떤 부패한 국사[63]에 대해

공포와 경고의 수단으로 삼고 있음을 말이오.

그러면 캐스카, 한 사람의 이름을 대드리겠소.

천둥치고, 번개치고, 무덤을 파헤치고,

의사당 앞의 사자처럼 포효하는

75 　이 무시무시한 밤과 똑같은 자 말이오.

개인적인 행위를[64] 보면 당신이 나보다

하등 뛰어난 것도 없지만, 이러한 괴변처럼

불길하고도[65] 가공할 존재가 된 자 말이오.

**캐스카** 시저를 두고 하는 말이오, 캐시어스?

80 　**캐시어스** 누구라도 상관없소. 지금 로마인들은

근육과 사지는 자기네 조상들처럼 멀쩡하나,

한심한 노릇이오![66] 아버지의 기개는 사라져 버리고,

어머니의 나약한 마음이 우리를 지배하고 있소. 우리가

굴종의 멍에를 쓰고 고통을 참고 있는 꼴은 마치 아녀자 같구려.

85 　**캐스카** 실은, 원로원 의원들이 내일 시저를 왕으로

추대할 거라는 소문이 있소.

그리되면 그자는 이곳 이태리 본토를 제외한

세상 모든 바다와 육지[67]에서 왕관을 쓰고 다닐 것이오.

---

63. *monstrous state*: 기이한(부패한) 국사(abnormal, unnatural state of affairs).

64. *personal action*: 그 자신의 거동(his own deeds).

65. *prodigious*: 불길한(ominous), 초자연적으로 위협적인(supernaturally ominous).

66. *woe the while*: 슬프도다 시절이여(woe to the age; alas for the times)(*Arden*).

**캐시어스**  그렇다면 이 단검을 어디에 꽂아야 할지 알겠소.[68]

그러니, 신들이여, 약한 자를 강하게 만드시고,   90

폭군을 물리치소서.

그 어떤 석탑도, 놋쇠를 두드려 만든 성벽도,

숨 막히는 지하 감옥도, 튼튼한 쇠사슬도,

내 강인한 정신을 가둬두진[69] 못하오.   95

하지만 생명은, 이 세상의 속박에[70] 싫증나면,

자신을 해방시킬 힘을 언제든지 갖고 있소.

이러한 사실을 나와 마찬가지로, 온 세상 사람도 다 알아야 하오,

지금 참고 견디는 이 독재도 마음먹기에 따라

언제든 떨쳐버릴 수 있다는 걸 말이오.   (계속 천둥친다)

**캐스카**                                  나도 그렇게 할 수 있소.   100

어떤 노예라도 자신의 굴레를 끊을 수 있는 힘을

자기 손에 갖고 있는 거요.

**캐시어스**  그렇다면 어째서 시저를 폭군으로 내버려 둔단 말이오?

딱한 인간! 로마인을 양떼라고 생각하지 않았다면,

그자도 늑대가 되려고 하지는 않았을 것이오.   105

---

67. *every place*: 로마 제국에 속한 모든 곳

68. *wear this dagger*: 이 단검을 찌르다, 즉 자살하다(stabs himself). 이러한 반응은 "캐 시어스가 태생적으로 어떤 폭정도 견디지 못하는 성정"이라는 플루타르크의 언급 에 기반을 둔 것으로 보인다(*New Cambridge*).

69. *retentive*: 가두다, 속박하다(confine).

70. *worldly bars*: 이 세속의(속세의) 속박(구속)

로마인이 암사슴[71]이 아니었다면, 그자도 사자가 될 리 없지.

급하게 큰 불을 일으키려는 사람도

하찮은 지푸라기로 불 피우길 시작하기 마련이오.

로마가 얼마나 쓰레기, 잡동사니 이길래,

110 　시저처럼 사악한 자를 빛내주는 하잘 것 없는 일에

불쏘시개로 쓰인단 말인가! 오, 슬픔이여,

너는 나를 어디로 끌고 가느냐? 나는 어쩌면 이 말을

기꺼이 노예가 되려는 사람에게 한 건지 몰라.

그렇다면 내 말에 책임을 져야겠지. 허나 나는

115 　각오가 돼 있으니 위험 따윈 안중에 없소이다.

**캐스카** 당신 말을 들은 자는 이 캐스카, 결코 남을 비웃거나

고자질할 사람이 아니오. 자, 내 손을 잡으시오.

동지를 규합해서 그런 모든 불평의 씨를 제거합시다.[72]

나도 어느 누구 못지않게 이 일에

끝까지 힘을 다하겠소.[73]

120 **캐시어스** 　　　　　　　　그러면 약속한 거요.

그럼 이제 알려 주겠소. 캐스카, 나는 이미

고결한 로마인 몇 명을 설득해서

나와 함께 명예롭지만 위험천만한

---

71. *hinds*: 암사슴과 천한 하인이라는 이중적 의미(*Riverside*).

72. *Be factious . . . these griefs*: 모든 이러한 불평의 씨를 제거하기 위해 동료들을 모읍
시다(form a faction for redress of all these grievances)(*New Cambridge*).

73. *set this . . . furthest*: 다른 어느 사람 못지않게 깊이 관여하다(be as deeply involved
as any man)(*New Cambridge*).

거사를 단행하기로 했소.

지금쯤 그들은 폼페이 극장 입구에서 125

나를 기다리고 있을 거요. 지금처럼 이렇게 무서운 밤이면,

거리에 쥐새끼 한 마리 얼씬하지 않고,

하늘의 모습도 마치 우리가 하려는 일처럼,

더 없이 잔인하고, 가혹하고, 무시무시하기

이를 데 없는 모습을 하고 있소. 130

**캐스카** 몸을 숨기시오,[74] 누가 급히 오고 있소.

**캐시어스** 시나로군. 걸음걸이로 알 수 있소.

우리 동지요.


시나 등장


시나, 어딜 그리 급히 가시오?

**시나** 당신을 찾으려고. 저분은 뉘시요? 미텔러스 심버요?

**캐시어스** 아니오, 캐스카요. 지금 막 우리 거사에 가담한

동지요. 모두들 나를 기다리고 계시오, 시나? 135

**시나** 동지라니 반갑소. 헌데 유난히도 몸서리쳐지는 밤이군!

동지들 가운데 몇몇이 기이한 광경을 목격했다 하오.

**캐시어스** 동지들이 나를 기다리고 있소?

**시나** 그렇소.

오 캐시어스, 당신이 140

---

74. *Stand close awhile*: 잠깐 몸을 숨기다(stand out of sight).

고결한 브루터스를 우리 편으로 끌어들일 수만 있다면—.

**캐시어스**  염려 마시오. 시나, 이 편지를 가져다가,

법무관의 의자에[75] 놓아 둬서,

브루터스의 눈에 쉽게 띄도록 하시오. 이건

145    창문 안에 던져 넣고, 이건 브루터스 가문의

선조의 조각상에 붙여 놓으시오. 일을 다 마치면,

폼페이 극장 현관으로 오시오. 기다리고 있겠소.

데시어스 브루터스와 트리보니어스도 거기 있소?

**시나**  미텔러스 심버만 빼고 다 있소. 심버가

150    당신을 찾아 댁으로 갔소. 그럼, 난 급히 가서,

일러주신 대로 이 편지를 놓아두겠소.

**캐시어스**  그 일이 끝나면 폼페이 극장으로 오시오.        (시나 퇴장)

자 캐스카, 당신과 나는 날이 밝기 전에

브루터스 집으로 갑시다. 그 분은 이미 거의

155    우리 편으로 기울고 있으니, 한 번만 더 만나 얘기하면

완전히 우리 편이 될 것이오.

**캐스카**  오, 그 분은 모든 시민들이 진심으로 존경하는 분이오.

우리가 하면 죄로 보일 것도,

그 분이 지지해주면, 마치 뛰어난 연금술처럼,

160    미덕과 가치 있는 행위로 바뀌어 보이게 할 것이오.

---

75. *the praetor's chair*: 법무관의 의자. 현 상황에 앞서 시저는 브루터스를 집정관 바로 아래 직위인 법무관으로 임명했으며, 소송을 해결하기 위해 공무 석상에 앉을 참이었다(*Arden*).

**캐시어스**  브루터스의 인품, 가치, 그 분이야말로

우리에게 절대적으로 필요한 분이라는 걸 잘 판단하셨소. 자 갑시다.

자정도 훨씬 지났소. 날이 밝기 전에

그 분을 깨워 확답을 얻읍시다.                    (두 사람 퇴장)

# 2막

# 1장

## 브루터스 저택의 정원

브루터스 등장

**브루터스** 여봐라, 루시어스!

별자리만으론

언제 날이 밝을지 모르겠군. 루시어스, 여봐라!

흉이 돼도 좋으니 나도 저렇게 곤히 자봤으면 좋겠군.

5       자 자, 루시어스,[76] 어서 일어나래도! 어서, 루스어스!

루시어스 등장

**루시어스** 부르셨습니까?

**브루터스** 서재에 촛불을 켜다오, 루시어스.

촛불을 켜거든 이리 와서 내게 알려라.

**루시어스** 예, 나리.                                    (퇴장)

10  **브루터스** 아무래도 그자를 죽일 수밖에. 물론 나로서는

그자를 쳐야 할 사적인 원한은 없지.

다만 로마의 이익을 위해서일 뿐―그는 황제가 되길 원해.

그렇게 되고나면 그의 천성이 어떻게 변할지, 그게 문제지.

---

76. *When, Lucius, when*: 참을성 없음을 나타내는 표현(*New Cambridge*).

독사는 화창한 날이 되면 기어 나오는 법,

그런 날에는 나다닐 때 조심을 해야지. 그자에게 왕관을? ─그래, 15

그렇게 되면, 그에게 독침을 달아 주는 셈이지.

제멋대로 위험한 짓을 할 수 있게 될 테고.

권세의 남용은, 권력을 믿고 양심[77]을 저버릴 때

생기는 법. 그런데, 솔직히 말해서, 시저가

이성보다 감정에 좌우되는 일을 본 적은 없었지. 20

하지만, 흔히 경험으로 알 수 있듯,[78]

겸손은 야망을 품은 자가 권력으로 올라가는 사다리이지.

사다리를 오르는 사람은 각별히 주의하지만,

막상 꼭대기에 다 오르고 나면,

사다리에 등을 돌리고 25

구름을 쳐다보며, 자신이 밟고 올라온

발밑 계단을 멸시하지. 시저도 바로 그렇게 될 거야.

그렇다면, 그러지 못하도록 미리 막아야지. 다만,

지금은 그자를 탄핵할 명분이 없으니,

이렇게 이유를 대보자. 지금의 그자가, 이대로 커지면, 30

장차 이런 저런 폭정을 휘두를 것이니,

지금은 그자를 독사의 알이라고 생각하자.

알에서 깨어나면, 본성을 드러내 반드시 해를 끼칠 것이니

아직 알 속에 있을 때 죽여 버려야 한다.

---

77. *Remorse*: 양심의 가책, 인간성, 혹은 동정(pity).

78. *proof*: 경험하다(experience)(*Riverside*).

35 **루시어스** 나리, 서재에 촛불을 밝혀 놓았습니다.

창가에서 부싯돌을 찾던 중에, 이렇게 봉인된

편지를 발견했습니다. 그런데, 소인이

잠자리에 들 때는, 분명히 거기에 없었습니다. (편지를 건넨다)

**브루터스** 가서 한숨 더 자거라. 날이 아직 밝지 않았다.

40 이봐라, 내일이 삼월 초하루더냐?[79]

**루시어스** 글쎄요, 나리.

**브루터스** 달력을 확인하고 알려다오.

**루시어스** 예, 나리. (퇴장)

**브루터스** 하늘을 나는 유성들이 어찌나 밝은지

45 그 빛으로 편지를 읽을 수 있겠구나.

(편지를 뜯어 읽는다)

"브루터스, 그대는 잠들어 있소. 깨어나서, 자신을 보시오.

로마는 장차, 등등. 외쳐라, 타도하라, 바로 잡아라!"

---

79. *the first of March*: 이러한 말은 1막 2장 19절에서 "삼월 보름을 조심하라"는 점장
이의 경고와 어긋나는 것처럼 보이는 게 분명하다. 따라서 테오발드(Theobald)는
"초하루"(first)를 "보름"(ides)으로 바꾸어 놓았으며, 이후의 편집자들도 대체로 그
의 수정을 따랐다. 실제로 삼월 초하루는 원래 원로원 회의로 정해진 날이었다. 그
러나 일부 편집자들은 셰익스피어가 "캐시어스는 브루터스에게 삼월 초하루에 상
원 의회에 출석하기로 했는지 물었다. 왜냐하면 시저의 친구들이 의회를 움직여서
그 날에 시저를 왕으로 추대할 거라는 소문을 들었기 때문"이라는 플루타르크의
글을 읽고 무의식적으로 그렇게 썼을 것이라는 헌터(John Hunter)의 견해를 따른
다(*New Cambridge*).

"브루터스, 그대는 잠들어 있도다. 깨어나라!"

이 편지를 주웠던 곳에는

이와 같은 선동적인 편지들이 종종 떨어져 있었지.                    50

"로마는 장차 등등"이라. 그 뒤는 이렇게 보충해야겠군.

로마는 장차 한 사람의 독재에 두려워 떨 것인가? 아니, 로마가?

우리 선조들은 타퀸이 왕이라 불리자

로마에서 그를 몰아내지 않았던가.

"외쳐라, 타도하라, 바로 잡아라!" 날더러                        55

외치고 타도하라고 요청하는 것인가? 오 로마여, 내 약속하마.

그렇게 해서 바로잡을 수만 있다면, 이 브루터스의 손으로

그 탄원을 완전히 이뤄주겠다!


루시어스 다시 등장


**루시어스**  나리, 삼월하고도 보름이나 지났습니다.


안에서 노크 소리.


**브루터스**  알겠다. 문간으로 가 봐라. 누가 문을 두드린다.        60

(루시어스 퇴장)

캐시어스가 시저에게 반기를 들자고 처음 나를 충동질한 이후로,

한잠도 이루지 못했다.

가공할 일을 처음으로 작심하고 그것을

실행에 옮길 때까지, 그 사이의 시간은

65 환상이나, 악몽에 사로잡혀 있는 것 같구나.

이성[80]과 감정이 서로

격론을 벌여서 한낱 인간이라는 국가는,

마치 작은 왕국처럼, 내란의 소용돌이에 빠져

고통을 당하는구나.


루시어스 다시 등장


70 **루시어스** 나리, 매제되시는[81] 캐시어스께서 오셔서,

나리를 뵙고자 하십니다.

**브루터스**                    혼자더냐?

**루시어스** 아닙니다. 몇 분 더 오셨습니다.

**브루터스**                         네가 아는 분들이더냐?

**루시어스** 아닙니다, 나리. 다들 모자를 귀밑까지 푹 눌러 쓰신 데다,

얼굴 반쯤을 외투로 가리고들 계셔서,

75 겉모습을 봐서는 누구신지

도무지 알 수가 없습니다.

**브루터스**                    이리 모셔라.          (루시어스 퇴장)

동지들이로군. 오, 역모여,

그대는 온갖 죄악이 제멋대로 설쳐대는 밤에도, 험악한

얼굴을 드러내기가 부끄럽단 말이냐? 오, 그렇다면 낮에는

---

80. *The genius . . . in council*: 인간의 영혼과 육체가 서로 격론을 벌이다, 혹은 이성과
    감정이 서로 격론을 벌이다(man's spirit is in violent debate with his passions).
81. *your brother Cassius*: 캐시어스는 브루터스의 누이(Junia)와 결혼했다.

흉측한 너의 낯짝을 감춰줄 컴컴한 동굴을                                80

어디서 찾아낸단 말이냐? 그런 곳을 찾으려 하지 마라, 역모여,

차라리 미소와 상냥한 태도로 그 본색을 감춰라.

네가 만일 원래 모습 그대로 나다니면,[82]

어두컴컴한 에레버스의 지하 암흑도[83] 너를 감춰줄 만큼

어둡지는 않을 것이다.                                                  85


              음모자들인 캐시어스, 캐스카, 데시어스, 시나,
                 미텔러스, 심버, 트리보니어스 등장


**캐시어스**  쉬고 있을 텐데 이렇게 무례히 찾아와서 미안하네.

　　　안녕하신가, 브루터스. 방해가 되지나 않았는지?

**브루터스**  한 시간 전부터 깨어 있었네, 밤새 한 잠도 이루지 못했네.

　　　함께 오신 분들은 내가 아는 분들인가?

**캐시어스**  그렇다네, 모두 다. 여기 계신 모두가 다 자네를 존경하는    90

　　　분들일세. 더구나 모두들 바라고 있다네.

　　　모든 고결한 로마인들이 자네에게 품고 있는 것과 같은

　　　생각을 자네 자신도 가졌으면 하네.

　　　이쪽은 트리보니어스.

**브루터스**　　　　　　　　　　　　잘 오셨소.
_____

82. *if thou . . . semblance on*: 만일 그대(역모)가 원래의 모습을 감추지 않고 본 모습 그
　　대로 나다닌다면(if you go bout wearing your natural expression)(Evans); (if you
　　walk in your normal manner or guise)(Kitteridge).

83. *Erebus*: 그리스 신화에서 이승과 저승 사이에 있는 어둡고 음울한 지하의 암흑세계
　　혹은 지옥.

**캐시어스** 이쪽은 데시어스 브루터스.

**브루터스**                              잘 오셨소.

**캐시어스** 이쪽은 캐스카. 이쪽은 시나. 그리고 미텔러스 심버요.

**브루터스** 모두들 잘 오셨소.

대체 무슨 근심들이 있기에

여러분 눈에서 밤잠마저 앗아간단 말이오?

**캐시어스** 한마디 해도 되겠나?

(둘이서 귓속말로 속삭인다)

**데시어스** 이쪽이 동쪽이겠군. 이쪽에서 동이 트지 않소?

**캐스카** 아니오.

**시나** 오, 실례지만, 그쪽이 맞소. 구름을 수놓는

저 잿빛 줄무늬는 새벽을 알리는 전령들이오.

**캐스카** 두 분 다 잘못 알고 계시단걸 증명해 드리겠소.

이쪽, 이 칼끝이 가리키는 쪽에서 해가 뜨는데,

계절이 아직 이른 봄이란 걸 고려하면,

아직도 해가 상당히 남쪽으로 기울어 있지만,

앞으로 두 달쯤 지나면 훨씬 북쪽으로 높이 떠서

그 빛을 비추기 시작할 것이오. 그리고 정동쪽은

의사당이 있는 바로 이쪽이오.

**브루터스** 여러분, 한 분 한 분씩 손을 주십시오.

**캐시어스** 우리의 결의를 두고 맹세합시다.

**브루터스** 아니오, 맹세는 필요 없소. 사람들의 비통한 표정,

우리들 마음의 고통, 이 시대의 부정부패, ─

이런 것들로도 동기가 불충분하다면, 일찌감치 집어치고,

각자 집으로 돌아가 빈둥거리다 잠이나 잡시다.

그래서 저 높은 곳에서 거만하게 내려 보며 배회하던 폭군이

마음 내키는 대로 한 사람씩 덮치도록 놔둡시다.

하지만 만일, 방금 말한 대의명분이, 겁쟁이들 마음에도          120

불을 댕기고, 여성의 나약한 정신도 강철같이

용감하게 만들 만한 불꽃을 지니고 있다면, 동지들이여,

세상을 바로잡자는 우리의 대의명분에,

더 이상 무슨 박차가 필요하겠소?

한 번 약속하면, 절대로 어기지 않고 비밀을 지키는          125

로마인이라는 것 이외에 더 이상 무슨 맹세가 필요하단 말이오?

서로가 명예를 걸고 거사를 하고, 실패하면

목숨을 걸자고 약속한 이상, 무슨 다른 맹세가 필요하겠소?

맹세란 성직자나, 겁쟁이, 사기꾼,

노쇠해서 죽음을 눈앞에 둔 사람이나, 부당한 걸          130

참고 견디는 비굴한 자들이나 하는 것이오. 맹세란

수상한 자들이 부당한 짓을 꾸밀 때나 하는 것이오.

우리의 대의명분이나 거사가 맹세를 필요로 하다며

우리 거사의 정당성을 더럽히지 맙시다.

또 우리의 불굴의 정신을 더럽혀서도 안 되오.          135

모든 로마인의 피, 그것도 고결한 피 한 방울 한 방울은,

각자가 사생아라는 죄를

입증해 줄 것이오.

자기 입으로 한 약속을

140 티끌만큼이라도 어긴다면 말이오.

**캐스카** 시세로는 어떻게 하지요? 의중을 한 번 떠볼까요?

내 생각엔 그 분이 강력하게 지지해줄 것 같소만.

**캐스카** 그 어른을 빼놔서는 안 되오.

**시나** 그렇소, 절대 안 되오.

**미텔러스** 오, 끌어 들입시다. 그 어른의 백발은

145 우리 편에 좋은 여론을 얻게 해주고

우리의 거사가 지지를 얻게 해줄 것이오.

사람들은 그 분의 판단력이 우리의 거사를 이끌었다고 말할 거요.

우리의 젊은 혈기와 거친 행동도,

모두 그 분의 근엄한 인격에 싸여 감춰질 것이오.

150 **브루터스** 오, 그 분 이름은 꺼내지 맙시다. 그 어른께 알리지 맙시다.

다른 사람이 시작해 놓은 일을

그냥 따라할 어른이 아니오.

**캐시어스** 그렇다면 그 분은 그냥 놔둡시다.

**캐스카** 사실 그 분은 적합하지 않소이다.

**데시어스** 시저 외에는 그 누구도 손을 대지 않을 건가요?

155 **캐시어스** 데시어스, 좋은 지적이오. 시저의 총애를 받고 있는

마크 앤토니를 살려둬선 안될 것 같소.

언젠가는 그자가 교활한 모사꾼이란 걸

깨닫게 될 거요. 아시다시피, 그자가 수단을

한껏 발휘하는 날이면, 우리 모두 큰 화를 입을 수 있소.

그런 일을 막기 위해서라도

앤토니와 시저를 함께 해치웁시다.

**브루터스** 케이어스 캐시어스, 머리를 자른 데다

사지를 절단하는 건, 분노에 사로잡혀 죽이고,

그것도 모자라 증오하는[84] 격이 되어 너무 잔인해 보일 것이오.

앤토니는 시저의 수족에 불과하오.

우린 제단에 제물만 바칠 뿐, 도살자가 되진 맙시다, 캐시어스.

우린 모두 시저의 정신에 맞서 들고 일어난 것이오.

그런데 인간의 정신에는 피가 흐르지 않소.

그렇다면 시저의 정신만을 해치우고,

육체는 다치지 맙시다! 하지만, 아,

시저는 그 때문에 피를 흘려야만 하오! 동지 여러분,

그를 대담하게 죽이되, 분노해서 죽이지는 맙시다.

신에게 바치는 제물로서 시저를 살해하되,

사냥개에게나 던져줄 먹이로서 난도질하진 맙시다.

교활한 주인들이 그렇게 하듯이, 우리 마음도

하인들을 부추겨서 난폭하게 굴게 하고, 나중에

그들을 꾸짖는 것처럼 보이게 합시다. 그래야만

우리의 거사가 사적인 원한이 아니라 불가피한 것이 되오.

시민들의 눈에 그렇게 비치게 되면,

우리는 살인자가 아니라 숙청자로 불리게 될 것이오.

그리고 마크 앤토니는 생각하지 맙시다.

---

84. *envy*: 증오하다(hatred).

시저의 머리만 잘리면,

시저의 팔 이상의 역할은 하지 못할 것이오.

**캐시어스**                                    허나 난 불안하네.

그자가 시저에게 품고 있는 깊은 애정은—

185 **브루터스**  아, 캐시어스, 그자는 걱정 말래도.

시저를 사랑해봤자, 그자가 할 수 있는 거라곤

자기 자신에게나 한정될 뿐, 상심해서 시저를 따라 죽을 정돌걸세.

그것만으로도 대단한 일을 하는 걸세. 원체 천성이 놀기 좋아하고,

방탕하고, 사람 사귀길 좋아하는 자이니.

190 **트리보** 염려 맙시다. 그자는 죽이지 맙시다.

살아남으면, 이번 거사를 두고 웃어넘길 위인이오.

(시계 치는 소리)

**브루터스**  쉿! 시계가 몇 시를 알렸나?

**캐시어스**                              세 시를 쳤네.

**트리보** 이제 헤어질 시간이오.

**캐시어스**                    그러나 아직도 시저가 오늘

의사당에 나올지 안 나올지 모르겠소.

195 그자는 요사이 점점 미신에 빠져있는 것 같소이다.

예전에는 환상이나, 꿈이나, 전조[85] 같은 것을

전혀 믿지 않았는데 말이오.

최근에 일어난 분명한 전조들과

유례없던 간밤의 공포와,

---

85. *ceremonies*: 전조(portents, omens).

점쟁이들의 권고 때문에 200

어쩌면 오늘 의사당에 나타나지 않을지도 모르오.

**데시어스** 그 점은 염려 마시오. 시저가 그렇게 결심해도,

내가 설득할 수 있소. 그자는 일각수는 나무로 속이고,

곰은 거울을 가지고, 코끼리는 함정으로,

사자는 덫으로, 사람은 아첨으로 205

속일 수 있다는 얘기를 듣기 좋아하지만,

그자에게 당신은 아첨꾼들을 싫어한다고 말했더니

그렇다고 합디다. 사실은 지독한 아첨에 걸렸으면서 말이오.

내게 맡기시오.

나는 그자의 비위를 잘 맞출 수 있으니, 210

반드시 그자를 의사당으로 데려오리다.

**캐시어스** 아니오, 우리 모두 함께 가서 시저를 데려 옵시다.

**브루터스** 여덟시까지, 늦어도 그 때까지는 모입시다.

**시나** 그 때까지로 하고, 늦지 않도록 합시다.

**미텔러스** 리게리어스도 시저에게 원한을 품고 있소. 215

폼페이를 칭찬했다고 해서 시저가 나무랐기 때문이오.

왜 아무도 그 분을 생각하지 못했을까요?

**브루터스** 그렇다면, 미텔러스, 지나는 길에 들려보시오.

내게 호의를 가진 분이고, 그럴 만한 이유도 있소이다.

그분을 내게 보내만 주시면, 설득해 보리다. 220

**캐시어스** 아침이 밝아오고 있소. 이만 가보겠네, 브루터스.

동지들, 헤어집시다. 하지만 하신 말씀을

모두 명심하시고, 진정한 로마인임을 보여주시오.

**브루터스** 여러분, 생기 있고 즐거운 표정을 하시오.

225 　우리의 계획이 얼굴에 드러나지 않게 하시고,

우리 모두 로마의 배우들처럼, 불굴의 용기와

태연한 침착성을 지닙시다.

그러면 여러분 모두들 안녕히 가십시오.

(브루터스만 남고 모두 퇴장)

여봐라, 루시어스! 곤히 잠들었나? 괜찮다.

230 　꿀 송이 같이 깊은 단잠을 즐겨라.

너에겐 세상의 번뇌가 머릿속에 그려내는

망상도 환영도 없겠구나.

그러니 그토록 곤하게 잠잘 수 있겠지.


### 포샤 등장


**포샤** 　　　　　　　　　　　브루터스, 여보!

**브루터스** 포샤, 무슨 일이오? 어쩐 일로 벌써 일어났소?

235 　연약한 몸을 쌀쌀한 새벽 공기에 드러내는 건

당신 건강에 해롭소.

**포샤** 당신 건강에도 마찬가지예요. 너무하세요, 브루터스,

잠자리에서 몰래 빠져나가시다니. 어젯밤 식사 때도

갑자기 벌떡 일어나서 뭔가 생각에 잠겨 팔짱을 끼고

240 　한숨을 내쉬며 서성대셨죠.

그래서 제가 무슨 일이냐고 물었더니,

쌀쌀한 눈길로 저를 노려보셨죠.

거듭 캐묻자, 당신은 머리를 긁으면서,

너무도 답답하다는 듯이 발을 굴렀어요.

그래도 제가 다그쳤더니, 대답도 않으시고,                      245

화가 난 듯이 손짓으로

저에게 물러가라는 신호만 하셨지요. 그래서 물러갔어요.

가뜩이나 심하게 타오르는 노기에

부채질 하는 게 될까 두려워서요. 그리고

그것이 남자라면 누구에게나 이따금씩 일어나는                    250

일시적인 기분[86] 탓이길 바라면서 말예요.

하지만 당신은 무슨 일인지 식사도, 말씀도 안하시고,

주무시지도 않고 있어요. 걱정이 당신 마음에 영향을 미쳤듯이[87]

당신의 몸에도 영향을 미쳤다면,

저는 당신인줄 알아보지 못했을 거예요. 여보,                     255

제발 고민[88]의 원인이 무엇인지 제게 말해줘요.

**브루터스**  몸이 좀 편치 않소, 그뿐이오.

**포샤**  당신은 현명한 분이니, 만일 몸이 편치 않으시다면,

회복할 방법을 강구하셨을 거예요.

**브루터스**  물론, 그렇게 하고 있소. 제발 포샤, 잠자리에 들어요.        260

**포샤**  당신이 편찮으시다구요? 그런데 가슴을 열어젖히고 거닐면서

---

86. *humour*: 일시적인 기분, 변덕(caprice)(*Riverside*).

87. *prevail'd on your condition*: 당신의 마음 상태에 영향을 미치다(*New Cambridge*).

88. *grief*: 고민, 걱정거리, 염려(distress).

습기 찬 새벽 공기를 마시는 게

건강에 좋단 말인가요? 아니, 몸이 편찮으시다면서,

잠자리에서 몰래 빠져나와,

265   해로운 밤공기에 몸을 맡기고,

병을 도지게 하시려고 습기 차고 더러운 공기를

들이마신단 말인가요? 아니요, 여보,

당신은 마음속에 무슨 병이 있어요.

그러니, 저는 당신의 아내로서 마땅히 그걸 알

270   권리가 있어요. 이렇게 무릎 꿇고

빌겠어요. 한때 칭찬해주셨던 제 미모와,

당신의 숱한 사랑의 맹세, 그리고 우리를 한 몸으로

만들어 준 그 신성한 혼인 서약을 걸고 간청드려요.

당신 자신이자, 당신의 반쪽인 저에게 말씀해 주세요.

275   어째서 그렇게 우울하신지, 그리고 어젯밤 당신을

찾아온 분들이 누군지. 예닐곱 명이

어둠 속에서조차 얼굴을 가리고

왔다 갔으니 말예요.

**브루터스**               일어서요, 포샤.

**포샤**   상냥하게 해주시면 이럴 필요도 없겠지요.

280   말해 봐요, 여보, 혼인 서약에

당신과 관련된 비밀을 제가 알아서는 안 된다는

어떤 조항이라도 있었나요? 부부는 일심동체건만,

그것도, 조건부인가요,

그저 당신과 식사나 함께하고, 잠자리나 즐겁게 해주고,

가끔씩 말동무나 돼 주라는 건가요? 저는 그저 당신 애정의     285

언저리나 맴돌며 살아야 하나요? 만일 그렇다면,

포샤는 브루터스의 정부일 뿐, 아내는 아니지요.

**브루터스**   당신은 나의 진실하고도 명예로운 아내요.

이 슬픔에 잠긴 심장에 흐르는

붉은 피 만큼이나 소중한 아내요.     290

**포샤**   그 말이 진정이라면, 비밀을 꼭 알아야겠어요.

제가 여자에 불과하다는 건 인정해요. 하지만 그래도 전,

당신이 아내로 삼은 여자예요.

확실히 제가 여자란 걸 인정해요. 그러나

케이토[89]의 딸로서 평판이 좋기로 세상이 다 아는 여자예요.     295

그런 아버지, 그런 남편을 둔 이 몸이

다른 여자들처럼 나약하다고 생각하세요?

비밀을[90] 말해 줘요, 절대 입 밖에 내지 않을 테니.

제 정절이 확고부동하다는 증거는,

여기 이 허벅지에 제 손으로     300

낸 상처를 이미 보여드렸어요. 그런 것도 참고 견딘 제가,

남편의 비밀을 못 지키겠어요?

**브루터스**                오 신이시여,

---

89. *Cato*(B.C. 95-46): 공화주의자. 폼페이의 협력자로 시저에게 잡히느니 자결을 택했다(*Arden*).

90. *counsels*: 비밀(secrets).

이렇게 고결한 아내에게 부끄럽지 않은 남편이 되게 해주소서!

(노크 소리)

조용하시오! 누가 문을 두드리고 있소. 포샤, 잠시 들어가 있어요.

305 곧 내 마음속 비밀을

부인의 가슴에도 나누어 드리리다.

나와 관련된 모든 계획과,[91] 내 고민스런 이마에 새겨진

주름의 모든 의미도 다 설명해 주리다.

지금은 어서 자리를 피해 주시오.      (포샤 퇴장)

루시어스, 문을 두드리는 분이 누구냐?


리게리어스와 함께 루시어스 다시 등장


310 **루시어스** 병자 한 사람이 와서 뵙겠다고 합니다.

**브루터스** 리게리어스로군, 미텔러스가 말했던.

얘야, 물러가거라. 리게리어스, 무슨 일이오?

**리게리어스** 안녕하시오, 말할 기력도 없는 사람의 아침 인사이오만.

**브루터스** 오, 리게리어스, 하필이면 이런 때에

315 병이 들어 머리를 싸매시다니![92] 아프지 않으셨으면 좋으련만!

**리게리어스** 아프지 않소이다, 브루터스께서 명예로운 이름에

합당한 계획만 갖고 계시다면.

**브루터스** 그러한 계획을 갖고 있소, 리게리어스,

---

91. *engagements*: 계획(enterprises).

92. *wear a kerchief*: 병이 들다. 엘리자베스 시대에는 병자가 체온을 유지하고 냉기를
   막기 위해 머리에 천을 둘러싸고 다녔다(*New Cambridge*).

그걸 들어줄 건강한 귀만 갖고 계시다면.

**리게리어스**  로마인들이 섬기는 모든 신들에게 맹세코,                320

여기서 내 병을 떨쳐버리겠소! (두건을 벗는다.) 로마의 영혼이여!

명예로운 혈통을 물려받은 용감한 자여!

그대는, 마법사처럼, 내 죽어 있는 영혼을

불러 일으켜주었소. 자 돌격을 명하시오.

그러면 난 불가능한 일이라도 맞서 싸우겠소.          325

그렇소, 반드시 해보이겠소. 할 일이 무엇이오?

**브루터스**  병자를 고치는[93] 작은 일이오.

**리게리어스**  하지만 건강한 사람을 병들어 쓰러지게 할 필요도 있잖소?

**브루터스**  우리가 해야 할 일이 바로 그것이오. 그 내용은, 케이어스,

장본인을 찾아가는 길에                             330

말씀해 드리겠소.

**리게리어스**          자, 앞장을 서시지요.

내용도 모르지만, 새롭게 불타오르는 용기로

당신을 따르겠소. 브루터스가 앞장서는 것만으로도

충분한 일이오.

**브루터스**          그럼 가십시다.                    (퇴장)

---

93. *make sick men whole*: 시저의 통치 하에 고통당하는 자들에게 건강을 회복시켜주다
   (EL).

# 2장

## 시저의 저택

천둥과 번개. 시저가 실내복 차림으로 등장

**시저**　오늘 밤은 천지가 온통 요란하군.

캘퍼니아는 잠결에 세 번이나 "살려줘요!

저들이 시저를 살해해요!"라고 소릴 지르고. 안에 누구 있느냐?

하인 등장

**하인**　부르셨습니까?

5　**시저**　가서 신관들에게 즉시 제물을 바치라 이르고

점괘의 결과를 알아 오너라.

**하인**　그렇게 하겠습니다, 나리.　　　　　　　　　(퇴장)

캘퍼니아 등장

**캘퍼니아**　어쩌시렵니까, 시저? 나가실 생각인가요?

오늘은 한 발짝도 집 밖에 나가시면 안 됩니다.

10　**시저**　시저는 나가겠소.[94] 나를 위협했던 자들도 있었으나

---

94. *shall forth*: 나가겠소(shall go out).

정면으로 대들지는 못했소.[95] 그들이 시저의 얼굴을 보게 되면

자취를 감추고 다 사라질 것이오.

**캘퍼니아** 여보, 저는 지금껏 징조 같은 건 믿지[96] 않았지만,

오늘만은 왠지 두려워요. 집안에서 누가 말하기를,

우리가 보고 들은 것 외에도, 15

야경꾼이 아주 무서운 광경을 봤답니다.

암사자가 거리에서 새끼를 낳았고,

무덤들이 입을 벌려 시체를 토해 내고,

불같이 용맹한 전사들이 구름 위에서

진을 치고 대열을 지어 맹렬한 전투를 벌여, 20

의사당 지붕에 피를 빗방울처럼 뿌렸답니다.

그 전투 소리가 하늘에서 요란하고,

말이 울부짖고, 죽어가는 병사들이 신음하고,

망령들은 비명을 지르며 거리를 헤맸다고 합니다.

오 여보, 이런 일은 예사롭지 않아서, 25

정말 걱정이 됩니다.

**시저**                    전능하신 신들께서

의도한 일이라면 인간이 어찌 피할 수 있겠소?

허나 시저는 나갈 것이오. 이러한 전조들은

시저 한 사람에 대한 것이자 곧 온 세상에 대한 것이오.

---

95. *Ne'er . . . my back*: [나를 정면으로 보지 못하고] 내 뒷모습만을 봤을 뿐이다(*New Cambridge*).

96. *stood on ceremonies*: 징조에 주의를 기울이다(중요시하다).

30 **캘퍼니아**  걸인이 죽을 땐, 혜성이 나타나지 않지만,

군주가 죽을 땐, 하늘이 불을 뿜어 알려준답니다.

**시저**  비겁한 자들은 죽기 전에 여러 번 죽지만,

용감한 자는 단 한 번의 죽음만을 맛볼 뿐이오.

내가 지금껏 들어 온 모든 놀라운 일 가운데,

35 가장 이상한 건 사람들이 죽음을 두려워한다는 것이오.

죽음은 필연이라,

갈 때가 되면 가게 마련이오.

하인 다시 등장

점쟁이들은 뭐라고 하더냐?

**하인**  나리께서 오늘은 외출을 삼가시랍니다.

제물로 바친 짐승의 내장을 꺼내 보니

40 그 짐승에게서 심장을 찾을 수 없었다고 합니다.

**시저**  신이 비겁한 자에게 창피를 주려고 이런 일을 함이니

만일 시저가 두려워서 오늘 집안에만 머문다면,

시저는 심장이 없는 짐승이 되고 말 것이다.

아니다, 시저는 그럴 리 없다. 위험이란 놈은 자기보다

45 시저가 더 위험한 존재란 걸 잘 알고 있다.

위험과 나는 같은 날에 태어난 쌍둥이 사자로서,

내가 더 형님 격이고 더 무서운 존재이니,[97]

---

97. *danger knows . . . terrible*: 시저는 자신이 여러 번 죽을 고비를 넘겼으며, 자신에게
닥쳤던 위험과 무훈을 이야기하고 있을 뿐 아니라 앞으로 자신에게 닥칠 위험도

시저는 나갈 것이다.

**캘퍼니아**　　　　　　　오, 여보,

당신은 자신감에 넘쳐 분별을 잃었어요.

오늘은 제발 나가지 마세요. 당신을 집에 붙잡아 두려는 건　　　50

당신의 두려움이 아니라 제 두려움 때문이에요.[98]

앤토니를 원로원으로 보내서,

당신이 오늘 몸이 편찮다고 전하도록 하세요.

이렇게 무릎 꿇고 간청하니, 이번만은 제 청을 들어줘요.

**시저**　앤토니를 보내서 몸이 편찮다고 전하도록 하겠소.　　　55

당신의 뜻에 따라,[99] 집에 머물도록 하겠소.

데시어스 등장.

마침 데시어스 브루터스가 왔군. 그 사람에게 그렇게 전하라고

하겠소.

**데시어스**　시저 만세! 안녕하십니까.

원로원으로 모시러 왔습니다.

---

의식하고 있다. 시저는 자신과 위험을 서로 힘을 겨루는 경쟁자로 비유하지만, 자
신이 결국 더 위협적인 존재임을 과시한다.

98. *call it my fear/ That keeps you in the house*: 캘퍼니아가 재치 있는 아내임을 시사하는
말(*New Cambridge*).

99. *for thy humour*: 대부분의 주석자들은 당신의 "변덕"에 따라(to satisfy your whim)
로 설명하지만, 그보다는 "순간적인 기분"에 따라로 보는 것이 타당하다. 플루타르
크 역시 "캘퍼니아가 간밤에 꾼 꿈으로 인해 대단히 심란해 하는 걸 보고" 그녀의
기분을 맞추기로 했다고 한다(*New Cambridge*).

| 60 | **시저** | 마침 잘 왔네. |
|---|---|---|

        원로원 의원들께 안부를 전하고

        오늘은 내가 등원하지 못할 거라 전해주게.

        등원할 수 없다는 건 거짓이고, 못 간다는 건 더더욱 거짓일세.

        나는 오늘 나가지 않겠네. 그렇게 전해주게, 데시어스.

**캘퍼니아** 몸이 편찮다고 전해줘요.

65   **시저**                    시저가 거짓말을 전하라고 시키다니?

        내 팔을 뻗쳐 머나먼 곳까지 정복한 이 시저가

        수염이 허연 노인네들에게 진실을 말하길 두려워하다니?

        데시어스, 가서 시저는 나가지 않을 거라 말하게.

**데시어스** 위대한 시저님, 그 이유를 말씀해 주시겠습니까?

70             제가 그대로 전했다가 비웃음을 사지 않도록 말입니다.

  **시저**   그 이유는 내 뜻에 달려있네. 등원하지 않겠다는 뜻 말일세.

        그 정도면 원로원은 충분히 납득할 걸세.

        하지만 자네를 좋아하니 이유를 말해 주겠네.

        자네만 개인적으로 알고 있게.

        실은 여기 내 아내 캘퍼니어가 나에게 집에 있어 달라 붙잡았네.

75             그녀가 간밤 꿈에 내 동상을 봤는데, 꿈속에서

        그 동상이, 백 개나 되는 꼭지 달린 분수처럼,

        선혈을 뿜어내고, 수많은 활기찬 로마인들이

        웃으며 몰려와서, 그 피로 손을 씻더라더군.[100]

---

100. *my statue . . . pure blood*: 플루타르크에 의하면 시저가 스페인에서 승리한 뒤 원로
    원이 그의 집 꼭대기에 장식용 첨탑(pinnacle)을 세웠는데, 캘퍼니아는 그것이 부러

아내는 그 꿈을 곧 일어날 재앙에 대한

경고와 흉조로 해석하여[101] 무릎을 꿇고서

오늘만은 제발 집에 있어 달라고 애원하고 있네.

**데시어스**  그 해몽은 완전히 잘못된 것으로 보입니다.

그건 행운을 알려주는[102] 길몽입니다.

집정관님의 동상이 여러 구멍에서 피를 뿜어내고,

수많은 로마인들이 웃으면서 손을 적신 것은,

집정관님으로부터 위대한 로마가 부활의 피를 마신다는 뜻이고,

귀족들이 그 피에 손수건을 적셔서,[103]

그것을 유물과 징표[104]로 삼기 위해 몰려든다는 뜻입니다.

이것이 바로 부인께서 꾸신 꿈의 의미입니다.

**시저**  참으로 그럴 듯한 해몽이군.

**데시어스**  제 얘기를 듣고 나면 더 분명해질 겁니다.

들어 보십시오. 원로원은 오늘 위대한 시저께

---

져 떨어지는 꿈을 꾸었다. 그러나 셰익스피어는 캘퍼니아가 시저의 동상이 피를 뿜어내는 꿈을 꿨다는 이야기로 각색하였다. 이러한 각색은 시저가 폼페이의 조각 옆에서 죽게 될 것임(3. 2. 189-91)을 시사해주는, 보다 효과적인 극적 아이러니로 보인다(*New Cambridge*).

101. *apply for*: 해석하다.

102. *fair and fortunate*: 행운을 약속해주는(promising good fortune)

103. *tinctures, stains*: 순교자들의 피를 적신 손수건은 치유의 힘을 가진 것으로 믿어졌다(*New Cambridge*). 르네상스 시대에는 위대한 자들(특히 왕)은 생명을 소생케 해주는 힘이 있는 것으로 간주했다는 점을 참조하면 데시어스는 시저를 왕으로 보고 있음을 시사한다.

104. *cognizance*: 징표, 紋章에서 쓰이는 용어(heraldric badge), 혹은 선물(souvenir).

왕관을 바치기로 결정했답니다.

95  그런데 의사당에 가지 않겠다는 말씀을 전하시면,

그들의 마음이 변할지 모릅니다. 게다가, 누군가는

이렇게 비웃는 말을 할지도 모릅니다.

"시저의 아내가 더 좋은 꿈을 꿀 때까지

당분간 원로원을 휴원합시다."

100  시저께서 몸을 숨기시면, 그들이

"봐라, 시저가 겁먹었나?" 이렇게 수군댈지 모릅니다.

용서해 주십시오. 시저의 영광을

간절히 간절히 소망한 나머지 이런 말씀을 드렸습니다.

충정 때문에 이성을 잃었나 봅니다.[105]

105  **시저**  부인의 두려움은 참으로 어리석은 것 같소!

부인의 걱정에 굴복했던 내가 창피하오.

예복을 가져오시오, 나가봐야겠소.


퍼블리어스, 브루터스, 리게리어스, 미텔러스,
캐스카, 트리보니어스, 시나 등장.


저것 보시오, 퍼블리어스가 나를 수행하러 오는구려.

**퍼블리어스**  안녕하십니까, 시저.

**시저**  어서 오시오, 퍼블리어스.[106]

---

105. *And reason . . . liable*: 내 이성이 나의 애정에 굴복하다. 데시어스는 시저의 세 가
지 주요 약점 ─ 왕이 되고자 하는 욕망, 조롱당할 것에 대한 두려움, 두려움이 없
다는 허세 ─ 을 공략하고 있다(*Arden*).

아니, 브루터스, 웬일로 자네도 이렇게 일찍 나왔는가?           110

안녕하시오, 캐스카. 케이어스 리게리어스,

시저는 절대로 그대의 적이 아니오.

그대를 야위게[107] 한 그 학질이 오히려 강적이었지.

지금이 몇 신가?

**부르터스**          여덟시를 쳤습니다.

**시저**   여러분의 노고와 호의에 감사드리오.              115


앤토니 등장


여! 앤토니는, 밤늦도록 주연을 벌이고도

용케 일어났군. 잘 잤나, 앤토니.

**앤토니** 안녕하십니까, 고결하신 시저.

**시저**              안에 들어가 주안상 차리라 이르시오.

(캘퍼니어 퇴장)

이렇게 오래 기다리게 해서 미안하오.

자, 시나, 미텔러스, 그리고 트리보니어스도!            120

---

106. *Publius*: 셰익스피어는 아마도 플루타르크가 언급했듯이 삼인의 집정관들
    (Triumvirate)에게서 사형을 선거받았으며 브루터스를 좋아했던 Publius Silicius의
    이름을 차용한 것으로 보인다(*Arden*).

107. *lean*: 무의식적인 아이러니. 우리는 시저가 몸이 야윈 캐시어스에 대해 했던 말
    (1.2.191-92)을 상기하게 된다. 시저는 자기 저택을 방문한 모든 자들에게 친절
    한 말을 건네지만, 특히 그의 이전 적수였던 리게리어스에게 친절하게 대함으로
    써 그들의 적개심을 내려놓고 그의 병에 대한 동정을 표현한다. 리게리어스는 폼
    페이 편에서 내전에 참가했으며, 최근에 시저가 사면·복권시켜주었다(*Arden*).

그대와는 한 시간 쯤 나눌 얘기가 있으니

잊지 말고 오늘 내 집에 와 주시게.

이리 가까이, 그대를 잊지 않도록.

**트리보니어스**  그러겠습니다. (방백) 그래, 바싹 붙어 있어주마.

125 내가 멀리 떨어져 있었으면 하고 당신 친구들이 후회하도록.

**시저**  여러분, 안에 들어가서, 한 잔 합시다.

그리고 친구답게 함께 곧바로 나갑시다.

**브루터스**  (방백) 친구답다고 해서 모두 진정한 친구는 아니지,

오 시저! 그걸 생각하니 이 브루터스의 가슴이 아프구나!

(모두 퇴장)

# 3장

## 로마. 의사당 근처의 거리

아르테미도러스, 편지를 읽으며 등장

**아르테.** "시저, 브루터스를 경계하시오. 캐시어스를 조심하시오. 캐스카를
가까이 마시오. 시나를 눈여겨보고, 트리보니어스를 믿지 마시오.
미텔러스 심버도 조심하시고, 데시어스 브루터스는 당신을
좋아하지 않소. 당신은 케이어스 리게리어스를 박대했소.
이자들은 모두 한 마음으로 시저에게 반역을 모의하고 있소.          5
당신이 불사신이 아닌 이상, 신변을 조심하시오.
방심은 음모에 길을 열어주는 법. 전능한 신들의 가호가 있기를!
경애하는 아르테미도러스 올림."
시저가 지나갈 때까지 여기에 자리 잡고 서 있다가
청원자처럼 이 편지를 그분께 직접 드려야지.          10
가슴이 아프구나. 후덕한 분도 질투의 독니를 벗어나
살아남지 못한다니.
이 편지를 읽으면, 오 시저여, 생명을 구할 수 있겠으나,
읽지 못한다면, 운명의 여신은 반역자들과 한패가 될 것이오. (퇴장)

# 4장

## 의사당 근처의 거리. 브루터스의 저택 앞

포샤와 루시어스 등장

**포샤**    얘야, 어서 원로원으로 달려가라.

대답은 필요 없으니, 어서 가거라.

어째서 꾸물대고 있느냐?

**루시어스**                무슨 심부름인지 알아야죠, 마님.

**포샤**    거기에서 무슨 일을 해야 할지 일러주기 전에

5    벌써 그곳에 갔다가 돌아왔으면 좋겠구나.

(방백) 오, 굳센 의지여, 내 편이 되어 다오.

내 심장과 혀 사이를 태산으로 막아 다오.

마음은 남자건만 힘은 여자구나,

여자로서 비밀을 지키기란 이다지도 어려운가!

아직도 가지 않고 여기서 뭐하고 있느냐?

10  **루시어스**                마님, 제가 할 일이 무엇인지요?

의사당으로 달려가라, 그뿐입니까?

그리고는 마님께 돌아와라, 그뿐입니까?

**포샤**    그렇다, 얘야, 나리의 안색이 어떠신지 알려다오.

나가실 때 몸이 편찮으셨단다. 그리고 나리께선

뭘 하시는지, 어떤 이들이 청원하는지 잘 보고오너라.                    15

들어봐라, 들어봐! 저게 무슨 소리지?

**루시어스**  아무 소리도 들리지 않는데요.

**포샤**                                    잘 좀 들어 보렴.

난리라도 난 것 같이 시끄러운 소리를 들었다.

의사당 쪽에서 바람결에 들려오더구나.

**루시어스**  정말이지 마님, 아무 소리도 안 들리는데요.           20


### 점쟁이 등장[108]


**포샤**  이보세요, 이리 좀 와 봐요. 어디서 오는 길이지요?

**점쟁이**  제 집에서 오는 길입니다, 부인.

**포샤**  지금이 몇 신가요?

**점쟁이**            아홉시쯤 됐습니다, 부인.

**포샤**  시저는 벌써 의사당에 가셨나요?

**점쟁이**  아직은, 안 가셨습니다. 저도 자리를 잡으러 가는 길이죠,        25

의사당으로 가는 그분을 뵈려고.

**포샤**  시저에게 무슨 청원할 일이 있나보군요?

**점쟁이**  그렇습니다, 부인. 시저께서 기꺼이

제 말을 들어주신다면,

각별히 주의하시라고 간청할까 합니다.                   30

---

108. *Enter the Soothsayer*: F의 무대지시는 아마도 실수로 점쟁이를 무대에 등장시킨 것
으로 보인다. 포샤가 말을 건네는 사람은 바로 앞 장면(2.3)에서 보다 편한 곳으
로 가고 있던 아르테미도러스인 것으로 보인다(*Riverside*).

**포샤** 아니, 그분을 해치려는 어떤 역모라도 있나요?

**점쟁이** 확실한 건 모르겠지만, 그럴 가능성이 염려됩니다.

안녕히 계십시오. 여기는 길이 좁아서

시저를 뒤따르는 원로원 의원들,

35　　　법관들, 일반 청원자들 무리가 몰려들면,

힘없는 자들은 밟혀 죽기 십상이군요.

그러니 좀 더 널찍한 곳에 가 있다가,

위대한 시저께서 지나갈 때 말씀드려야겠군.　　　(퇴장)

**포샤** 집으로 들어가야겠어. 오, 여자의 마음이란

40　　　이토록 나약하단 말인가! 오 여보,

당신의 거사를 하늘이 도와주시길!

(방백) 아니, 저 아이가 내 말을 들었으면 어쩌나. 부르터스께선

시저가 들어주지 못할 청원이 있지. (루시어스에게) 아, 어지러워!

루시어스, 달려가서 주인님께 난 잘 있다고 전해라.

45　　　기분이 좋다고 말이야. 그리고 내게 돌아와서

네게 하신 말씀을 들려다오.　　　(각각 퇴장)

3막

# 1장

## 로마, 의사당 앞

나팔 소리. 시저, 브루터스, 캐시어스, 캐스카, 데시어스, 미텔러스,
트리보니어스, 시나, 앤토니, 레피더스, (포필리어스,)[109]
퍼블리어스, 아르테미도러스와 점쟁이 등장.

**시저** (점쟁이에게) 이제 삼월 보름이 되었다.

**점쟁이** 예, 시저 나리. 아직 다 지나가진 않았지요.

**아르테.** 시저 만세! 제발 이 쪽지를 읽어 주소서.

**데시어스** 트리보니어스의 청원이 있습니다.

5 　　　　시간 나실 때 읽어주시기 바랍니다.

**아르테.** 오 시저, 제걸 먼저 읽어 주십시오. 제 것은

　　　　나리와 깊이 관련된 것입니다. 먼저 읽어 주소서, 나리.

**시저** 짐과[110] 관련된 것이라면 맨 나중에 처리하겠다.

**아르테.** 지체 마십시오, 나리. 당장 읽어 보십시오.

**시저** 아니, 이자가 미쳤나?

10 **퍼블리어스** (아르테미도러스를 옆으로 밀치며) 이봐라,[111] 저리 비켜라.

---

109. *Popilius*: Folio의 무대 지시에는 없으나 13행에 대사가 있다.

110. *ourself*: 여기서 시저는 군주가 자신을 일컬을 때 사용하는 1인칭 복수형을 사용하고 있는 바, 이는 시저의 교만함을 시사한다(*Arden*).

111. *Sirrah*: 어린아이한테 사용할 때 외에는 경멸·역정을 나타내는 단어. 이 녀석, 이놈 등.

**캐시어스**    아니, 감히 거리에서 청원을 하다니?

의사당으로 오도록 하라.

시저 원로원으로 들어가고, 원로원 의원들 앉아 있다.
시저의 수행원들, 음모자들, 나머지 일행도 따라 들어간다.
원로원 의원들이 자리에서 일어난다.

**포필리.** 오늘 여러분의 계획이 성공하길 바라오.

**캐시어스**    무슨 계획 말이오, 포필리어스?

**포필리.**                              그럼 안녕히.

(그를 떠나 시저에게 다가간다.)

**브루터스**    포필리어스 레나가 뭐라 했나?                              15

**캐시어스**    오늘 우리들 계획이 성공하길 바란다고 했네.

우리 음모가 탄로 난 게 아닌가 염려되네.

**브루터스**    시저에게 가 있으니, 그자를 눈여겨보게.

**캐시어스**    캐스카, 서두릅시다. 저지될까 두렵소.[112]

브루터스, 어찌해야 좋겠나? 이 일이 탄로되는 날엔,        20

캐시어스든 시저든 어느 한쪽은 죽을 목숨일세.

나는 자결하고 말테니.

**브루터스**                              캐시어스, 당황하지 말게.[113]

포필리어스는 우리의 계획을 털어놓는 게 아닐세.

---

112. *we fear prevention*: 저지당할까 두려워하다(fear we shall be forestalled/hindered)
    (2.1.85 참조)(*Arden*).

113. *be constant*: 침착하게(be composed, be resolute). 브루터스는 쉽게 흥분하는 캐시
    어스보다 위기상황에서 더 나은 리더임을 보여준다.

자, 보게, 그가 웃고 있고, 시저의 표정도 변함없지 않은가.

**캐시어스** 트리보니어스가 때맞춰 행동하는군.[114] 저보게 브루터스,

앤토니를 한 쪽으로 데려가고 있네.

(앤토니와 트리보니어스 퇴장)

**데시어스** 미텔러스 심버는 어디 있소? 그를 보내서,

당장 시저에게 청원서를 제출해야[115] 하는데.

**브루터스** 준비는 다 되어 있소.[116] 곁에 가서 돕도록 하시오.

30 **시나** 캐스카, 맨 먼저 찌를[117] 사람은 당신이오.

**시저** 모두들 준비됐소?

> 음모자들이 시저가 앉아 있는 의자로 다가가서
> 에워싼다. 캐스카는 조금 떨어져 있다.[118]

> 이제 시저와 시저의 원로원 의원들이
> 반드시 시정해 주어야 할 일은 무엇이오?[119]

---

114. *his time*: 그가 행동해야만 할 때(when he should act).

115. *prefer*: 제출하다, 제시하다(offer).

116. *address'd*: 준비되다(made ready).

117. 시나는 캐스카에게 그가 첫 번째로 손을 들어 찌르기로 했던 사실을 상기시켜주고 있다(*Riverside*).

118. SD: 원래는 무대 지시가 전혀 없이 캐시어스에 대한 포필리어스의 언급으로 이어진다. 관객은 캐시어스가 바로 앞에서 한 말에 따라 장면이 원로원으로 바뀐 것으로 상상하도록 되어 있지만, 그러나 이러한 무대 지시를 삽입한 것은 어색함을 피하기 위한 오랜 관례에 따른 것이다(*Riverside*).

119. *Caesar and his senate*: 시저는 마치 자신이 튜더 군주요, 원로원 의원들은 자기 신하들인 것처럼 말하고 있다(*Arden*). 시저가 교만한 태도를 취하고 있음을 강조한

**미텔러스**  지극히 높고, 위대하시며, 전능하신 시저님,

미텔러스 심버는 옥좌[120] 앞에

미천한 몸을 엎드려 —                              (무릎을 꿇으며)

**시저**                          그만하게, 심버.                              35

이렇게 굽신거리고 머리를 조아리면

평범한 자들의 허영심에 불을 댕겨,

예부터 전해 내려오는 국법과 계율을 어린 애들의

하찮은 놀이 규칙처럼 뒤집을 수 있네. 어리석게 굴지 말게,

시저가 바보나 달래는[121] 그런 달콤한 말이나,           40

비열하게 굽실거리는 태도, 개처럼 비굴한 아첨 따위에

확고한 의지가[122] 흔들릴[123] 정도로

불순한 피가 흐르리라고는 생각 말게.

자네 동생은 국법에 따라 추방되었네.

자네가 그를 위해 허리를 굽히고 간청하고 아첨하면,           45

자네도 개처럼 비키라고 차버릴 걸세.

알아두게, 시저는 부당하게 일을 처리하지 않을 것이려니와,

명분 없이는 마음을 바꾸지도 않을 걸세.[124]

---

것은 반역자들의 행위를 정당화하기 위한 것으로 보인다(*New Cambridge*).

120. *seat*: 심버는 시저에게 마치 그가 폭군인 것처럼 비굴하게 무릎을 꿇고 아첨하며
말한다. "seat"에는 '옥좌'(throne)의 의미가 내포되어 있다(*New Cambridge*).

121. *melteth*: 달래다(mollify), 설득하다(persuade).

122. *true quality*: 안정된(확고한) 본성(the stable quality it ought to have).

123. *thaw'd*: 바뀌다, 변화하다(altered, changed).

124. *nor without cause/ Will he be satisfied*: 구체적인 이유/명분 없이는 설득되지 않을
것이다(*New Cambridge*).

**미텔러스**  나보다 더 훌륭한 목소리로

50      위대한 시저님의 귀에 달콤하게 들리도록 해서

추방된 동생을 다시 불러들이게[125] 해주실 분은 누구 없소?

**브루터스**  손에 입을 맞추지만, 아첨은 아닙니다,[126] 시저.

즉시 퍼블리어스 심버의 추방을 사면하여

자유를 누리게 해주시길 바랍니다.

**시저**  무슨 소린가, 브루터스![127]

55 **캐시어스**              사면해주소서, 시저. 사면해주소서.

캐시어스는 이렇게 시저님의 발밑에 엎드려

퍼블리어스 심버의 사면복권을[128] 간청합니다.[129]

**시저**  내가 그대들 같다면 마음이 쉽게 움직였을 것이오.

내가 애원해서 남의 마음을 움직이게 할 수 있다면,

60      애원으로 내 마음도 움직였을 것이오.

하지만 나는 북극성처럼[130] 확고부동하오.

---

125. *repealing*: (추방을) 철회하다(*Arden*).

126. *not in flattery*: 셰익스피어는 여기서 브루터스의 명예와 위엄을 지키도록 하는데 주의하고 있다(*Kittredge*).

127. *What, Brutus!*: 시저는 브루터스가 자신에게 반대한 데 대해 놀라워한다(*New Cambridge*).

128. *enfranchisement*: 사면복권(restoration to public rights; repel from exile)(*New Cambridge*).

129. *Pardon, Caesar . . . Publius Cimber*: 캐시어스로서는 완벽한 위선을 보여주고 있다. 극적 관점에서 보면 미텔러스와 캐시어스의 비굴한 언행은 시저로 하여금 지나치게 교만하게 굴도록 자극함으로써 이 순간 그를 향한 모든 동정심을 잃고 암살행위를 정당한 것으로 받아들이도록 한다는 점에서 중요하다(*Arden*).

그 영원불변함은 하늘나라에서도 견줄 수 없소.

하늘은 수많은 별빛으로 수놓아져 있으며,

그 모두가 불덩어리고 하나하나 반짝이고 있지만,

그 모든 별 가운데 단 하나만이 제자리를 굳게 지키고 있소.                65

이 세상도 마찬가지요. 세상에는 수많은 사람이 있고,

사람마다 살과 피, 그리고 분별력이 있소.

그러나 그 많은 사람들 가운데

어떤 유혹에도 넘어가지 않고 제 자리를 지키며, 흔들리지 않는

오직 한 사람을 내가 알고 있는데, 내가 바로 그 사람이오.              70

그 증거를 좀 보여주리다.

심버를 추방해야 한다는 게 나의 단호한 뜻이었고,

그를 계속 그대로 둬야 한다는 내 뜻은 지금도 확고하오.

**시나**   오 시저 ―

**시저**           물러가라! 올림포스산을 감히 움직이려 드는가?

**데시어스**  위대하신 시저 ―

**시저**                브루터스가 무릎을 꿇어도 소용없소.                75

**캐스카** 손이여, 대신 말해다오!

(캐스카와 음모자들, 시저를 뒤에서 찌른다)

시저, 의자에서 일어나 피하려고 한다. 음모자들은 그를
폼페이 상 곁으로 몰고 가서 격렬하게 난도질한다.
그는 궁지에 몰려 잠시 서 있다. 그러나 마침내 브루터스마저

---

130. *northern star*: 시저는 오만하게도 자신을 별들 가운데 유독 제 자리에서 영원불변
하게 제 자리를 지키고 있는 북극성에 비유한다.

찌르려고 다가오는 것을 보자, 시저는 얼굴을 가린다.

**시저**  브루터스, 너마저도?[131] 그렇다면 시저는 끝이로구나![132]  (죽는다)

---

131. Et tu, Brute?: (=Even you, Brutus?). 시저가 이러한 말을 했다는 기록은 없다. 이 말은 전적으로 브루터스가 시저의 서자라고 믿었던 수에토니우스(Gaius Suetonius Tranquillus A.D. 69-140, 로마의 역사가 · 전기 작가)는 암살자들과 결사적으로 싸우던 시저가 브루터스마저 자신을 향해 달려드는 것을 보자 마침내 "내 아들, 너마저도"(And you, my son)라고 외치며 얼굴을 가렸다는 기록에 기반을 둔 것이다. 수에토니우스는 시저가 죽은 지 175년 뒤에 전설에 입각해서 이렇게 기록했던 것이다. 톰 홀랜드(Tom Holland)에 의하면 "브루터스의 어머니 세르빌리아(Servilia)는 시저의 평생 애인이었고, 심지어 브루터스가 그들의 사생아라는 소문도 있을 정도였으나, 브루터스의 나이로 보아 이는 터무니없는 헛소문이다. 브루터스가 태어날 당시 시저는 15세에 불과했고, 두 사람이 처음 연애를 시작할 때 브루터스는 이미 20세였다"(『공화국의 몰락』, 김병화 역 359 재인용). 따라서 이러한 소문과 기록은 아마도 널리 알려진 시저와 세르빌리아 사이의 연인관계에서 비롯된 것으로 보인다.

프랑스 학자 뒤보아(M. Dubois)가 시저의 암살에 관해 빠리 의학 학술원(Academy of Medicine of Paris)에서 발표한 세밀한 자료 연구, 비교, 및 분석 논문은 처음 네 개의 상처가 어느 부위에 가해졌으며 그 상처를 입힌 음모자들의 이름이 누구인가를 소상히 밝히고 있다. 첫 번째 상처는 한 명의 캐스카에 의한 것으로 좌측 쇄골 바로 밑이었으며 가벼운 것이었다. 두 번째는 또 다른 캐스카에 의한 것으로 오른쪽 가슴을 관통하였다. 세 번째 상처는 캐시어스가 안면에 입혔다. 네 번째는 데시머스 브루터스(Decimus Brutus)가 샅타구니에 입혔다. 따라서 통설과 달리 마커스 브루터스는 시저를 치지 않았다. 이들에 의해 시저가 정신을 잃고 쓰러지자 음모자들이 그의 몸을 난도질하였다. 시저의 시신은 세 명의 노예들에 의해 그의 집으로 옮겨졌고, 부름을 받은 의사 안티스티우스(Antistius)는 35군데—수에토니우스는 23군데—의 상처를 확인하였으며, 그 중 확실히 치명적이었던 것은 두 번째로 입은 상처였다(*Riverside*).

132. *Then fall, Caesar!*: 만일 브루터스가 시저를 칼로 친다면, 그것으로 끝이다. 셰익스

**시나** 해방이다! 자유다! 폭정은 끝났다!

　　　달려가서 선포하라, 거리마다 이 사실을 외쳐라.

**캐시어스** 몇 사람은 광장 연단으로 가서, 　　　　　　　　　　80

　　　"해방이다, 자유다, 주권회복이다!"라고 외치시오.

**브루터스** 시민과 원로원 의원 여러분, 두려워 마시오.

　　　달아나지 말고 그대로 계시오. 야심이 그 대가를 치렀을 뿐이오.

**캐스카** 연단으로 가시오, 브루터스.

**데시어스** 　　　　　　　　　　　캐시어스도 가시오.

**브루터스** 퍼블리어스는 어디 있소? 　　　　　　　　　　85

**시나** 여기 있소. 이 소동에 몹시 놀랐나 보오.

**미텔러스** 굳게 뭉쳐 함께 있읍시다, 시저의 추종자들이

　　　혹시라도—

**브루터스** 그럴 필요는 없소. 퍼블리어스, 힘을 내시오.

　　　당신을 해칠 생각은 없소. 　　　　　　　　　　90

　　　또한 로마시민 어느 누구도. 사람들에게 그렇게 전하시오.

**캐시어스** 그러면 자릴 뜨시오, 퍼블리어스. 사람들이

　　　몰려와 연로하신 몸에 어떤 해를 끼칠까 적정이오.

**브루터스** 그렇게 하시오. 그리고 이 거사를 실행한 우리들 외에는

　　　그 누구도 책임을 지우지 맙시다. 　　　　　　　　　　95

　　　　　　　　　트리보니어스 다시 등장.

---

피어는 여기서 플루타르크의 설명을 따른 것으로 보인다. 프루타르크에 의하면 시
저가 여전히 음모자들로부터 자신을 방어하면서 이리저리 도망 다녔으나, 브루터스
가 손에 칼을 빼들고 있는 모습을 보자 더 이상 저항하지 않았다(*New Cambridge*).

**캐시어스**　앤토니는 어디 있소?

**트리보니어스**　　　　　놀라서 자기 집으로 달아났소.

남녀노소 누구나 눈을 휘둥그레 뜨고 소리치며 도망쳤소.

마치 최후의 심판 날이라도 맞이한 듯 말이오.

**브루터스**　　　　　　　　운명이여, 당신 뜻을 알고 싶소.

인간은 어차피 언젠간 죽는 법, 사람들이 염려하는 건[133]

100　　죽는 시기와, 인생을 얼마나 더 살 것인가[134] 하는 거다.

**캐시어스**　그러니, 이십년이나 수명을 단축시켜 주는 것은

그만큼 죽음을 두려워하며 살아갈 세월을 덜어주는 셈이오.

**브루터스**　그렇다면, 죽음은 은혜로운 것이오.

그러니 우리는 시저의 은인이요. 죽음을 두려워하는

105　　시간을 덜어주었으니. 허리를 굽히시오, 로마인들이여,

허리를 굽혀, 시저의 피에 우리의 손을 팔꿈치까지 적시고서,

칼에 피를 바릅시다.

그리고 광장까지 당당하게 걸어갑시다.

피 묻은 검을 머리 위로 휘두르며,

110　　다함께 외칩시다, '평화, 자유, 해방'이라고!

**캐시어스**　그러면 허리 굽혀 손을 피로 적십시다. 이후로도 두고두고

우리의 이 고결한 장면은 되풀이 상연될 것이오.

아직 생겨나지도 않은 나라에서, 알지도 못하는 언어로!

**브루터스**　지금 폼페이의 동상 아래 한줌 티끌보다도

---

133. *stand upon*: 염려하다, 중요시하다(concern oneself about; attach importance to).
134. *drawing*: 연장하다(lengthening).

못하게 쓰러져 있는 이 시저는 무대에서                          115

몇 번이나 반복해서 피를 흘릴 것인가!

**캐시어스**                                        그런 일이 재현될 때마다,

우리 동지들은 조국에 자유를 안겨준

의사들이라고 불릴 것이오.

**데시어스**  그러면, 가봅시다.

**캐시어스**                          자, 모두 갑시다.

브루터스가 앞장서고, 우리는 가장 용감하고                    120

고결한 로마인으로서 그 뒤를 따르며 그에게 영광을 돌립시다.


하인 등장


**브루터스**  가만! 이리 오는 자가 누구요? 앤토니의 하인이군.

**하인**  이렇게 브루터스 나리, 주인께서 나리 앞에 무릎 꿇으라 하셨고,

나리께 엎드리라고 마크 앤토니 주인께서 이르셨습니다.

꿇어 엎드려서 이렇게 말씀드리라고 하셨습니다.                  125

브루터스 님은 고결하시고, 현명하시고, 용감, 정직하신 분이시며,

시저는 위대하시고, 용맹하시고, 고귀, 자애로우신 분이셨습니다.

제 주인님은 브루터스 나리를 사랑하고, 존경하고 있으며,

시저를 경외했고 존경했고 사랑했다고 말씀하셨습니다.

만일 나리께서 앤토니에게 관용을 베푸셔서                     130

안전하게 찾아뵐 수 있도록 보장해 주시고,

시저께서 죽어 마땅한 이유를 설명해 주신다면,

마크 앤토니는 돌아가신 시저보다는 살아계신 브루터스 님을

135 더 경애할 것이며, 고결하신 부르터스 님과 운명을 같이하여,

이 유례없이 위험한 상황을 헤쳐 나가는 일에 성심을 다해

따르겠노라, 이렇게 저의 주인 앤토니께서 말씀하셨습니다.

**브루터스** 자네 주인은 현명하고 용감한 로마인이시다.

그분을 나쁘다고 생각한 적은 결코 없다.

주인께 전하라. 이곳에 오시면,

140 그 이유를 충분히 설명해 드릴 것이며,

무사히 돌려보내 드리겠다고 내 명예를 걸고 약속한다고 말이다.

**하인** 당장 모셔오겠습니다. (퇴장)

**브루터스** 그자를 우리 편으로 끌어들이는 게 좋을 듯하네.

**캐시어스** 나 역시 그러면 좋겠네만, 그래도 그자가

145 몹시 염려되는군. 그런데 내 염려는

불행히도 그대로 맞아 떨어지거든.[135]


앤토니 다시 등장.


**브루터스** 앤토니가 오는군. 어서 오시오, 마크 앤토니.

**앤토니** 오 위대한 시저! 이렇게 비참한 모습으로 누워 계시다니?

당신의 모든 정복, 영광, 승리, 전리품이,

150 이렇게 초라하게 오그라들어 버렸소? 삼가 명복을 빕니다!

여러분의 의도가 무엇인지, 또 누가 피를 흘려야 하고,

누구를 제거할지 나는 모르겠소.

---

135. *falls shrewdly to the purpose*: 거의 그대로 맞아 떨어지다(comes close to the mark) (*Riverside*).

만일 내 피를 보겠다면, 시저가 운명한

지금 이 순간보다 더 적절한 때는 없을 것이오. 또한

이 세상에서 가장 고결한 피로 물든 당신들 칼보다도 더                    155

더 알맞은 무기도 없을 것이오.

부탁컨대, 만일 내게 적의를 품고 있다면,

붉은 피로 물든 그 손이 피비린내와 김을 뿜고 있는 이 순간

마음대로 나를 처치하시오. 내가 천년을 산다 해도,

지금보다 더 기꺼이 죽을 기회는 찾지 못할 것이오.                      160

여기 시저 곁에서, 이 시대의 지도자요 실권자인

당신들 손에 죽는다면,

나에게 이보다 더 좋은 장소와 방법이 어디 있겠소.

**브루터스**   오 앤토니, 죽여 달라고 애원하지 마시오.

비록 지금은 우리가 잔인무도하게 보일지 모르나,                         165

그것은 우리의 손과 당장 한 행위만

보아서 그런 거요. 하지만 당신은 우리의 손과

그 손이 저지른 피비린내 나는 행위만을 보고,

우리의 마음을 보지 못했소. 우리의 마음은 연민으로 가득하오.

로마가 당한 부당함에 대한 연민이―                                 170

마치 불로 불을 끄고, 연민이 연민을 몰아내듯 ―

시저를 해치게 했던 것이오. 당신에 대해서는, 마크 앤토니,

우리의 칼끝이 납덩이처럼 무디오.

적의에 대해선 완강하게[136] 보일 우리의 팔과, 당신에 대해서는

---

136. *in strength of malice* = 이러한 행위로 이끈 강렬한 증오(적의). 그러나 이 구절은

175   형제애를 품고 있는 우리의 가슴이, 온갖 우정과

호의와 존경으로 당신을 맞이하오.

**캐시어스**  새로운 관직을[137] 정하는 일에 있어서도

누구 못지않게 강력한 발언권을 갖게 될 거요.

**브루터스**  공포에 넋을 잃은 시민을

180   진정시킬 때까지 잠시만 참고 기다려 주시오.

그리고 나면 그 이유를 말해주겠소.

시저를 찌르는 순간에도 그를 사랑했던 내가 왜

이러한 거사에 뛰어 들었는지.

**앤토니**                            당신들의 현명한 판단을 굳게 믿소.

여러분 한 사람 한 사람의 피 묻은 손을[138] 잡게 해주시오.

185   먼저, 마커스 브루터스, 악수합시다.

다음은 케이어스 캐시어스, 당신 손을 잡아 봅시다.

데시어스 브루터스, 당신 손을. 자 미텔러스도.

당신 손도, 시나. 그리고 용감한 캐스카,[139] 당신 손을.

---

어딘가 앞뒤가 맞지 않으며, 원본이 오염된 것일 수 있다는 의구심을 갖게 한다
(*New Cambridge*).

137. *dignities*: 고위 공직, 관직. 브루터스는 형제애를, 캐시어스는 권력의 공유를 제안
한다.

138. *bloody hand*: 앤토니가 암살자들의 "피 묻은 손"을 강조함으로써 브루터스 일당이
했던 악수(2.1.112)에 대한 패러디로 기능한다. 앤토니는 그들과 차례차례 대면하
여 악수하고 손을 잡으면서, 몇몇 주석자들이 주목했듯이, 복수의 의지를 다지는
것으로 보인다(EL).

139. *valiant Casca*: 캐스카는 시저를 등 뒤에서 찔렀다는 사실에 대한 아이러닉한 언급
이다(*Arden*).

마지막이지만 누구 못잖은 우정으로, 트리보니어스,[140] 당신 손을.

여러분 모두―아, 뭐라고 말해야 좋을지?                                190

지금 내 명예는 너무도 미끄러워 불안정한 처지에[141] 놓여 있소.

여러분은 나를 비겁자나 아첨꾼 중

어느 하나라고 생각할 것이오.

오 시저, 나는 당신을 사랑했소. 이건 진실이오.

그런데 당신의 영혼이 지금 우릴 굽어보고 계신다면,              195

지극히 고귀하신 분이여! 바로 당신의 시신 앞에서

이렇게 당신의 앤토니가 당신의 적들과

피 묻은 손을 잡고 악수하며 화해하는 모습을 보고

당신의 죽음보다 더 비탄해 하지 않겠습니까?

이 앤토니가 당신이 입은 상처에서 뿜어내는 피만큼            200

많은 눈물을 흘리는 게,

당신의 적들과 우정을 맺는 것보다

더욱 당연한 일일 겁니다.

용서해 주시오, 줄리어스! 용감한 수사슴[142]처럼 궁지에 몰려,

이 자리에 쓰러지셨고, 당신의 사냥꾼들은 여기 버티고 서 있소,   205

당신을 죽인 표시로, 황천을 흐르는 강[143]에 피를 적신 채.

---

140. *Though last . . . Trebonius*: 트리보니어스가 앤토니를 한 쪽으로 데려가는 바람에
  앤토니는 시저를 도울 수 없었다(*New Cambridge*).

141. *My credit . . . slippery ground*: 시저와 매우 가까운 사이였다는 내 평판은 나를 대
  단히 애매한 입장에 처하게 했다는 의미와, 시저의 피로 인해 바닥이 미끄럽다는
  이중의 의미를 내포하고 있다(*Arden*).

142. *hart*: 심장(heart)과 동음이의어.

오, 세상이여! 그대는 이 수사슴이 뛰놀던 숲이었고,

그리고 진정, 오 세상이여! 이 수사슴은 그대의 심장이었소.

수많은 귀인들의 화살을 맞은 사슴처럼,[144]

210    당신은 여기 쓰러져 있소!

**캐시어스**  앤토니 ―

**앤토니**        용서하시오, 캐시어스.

시저의 적이라도 이 정도 쯤은 말했을 것이오.

친구로서, 이 정도의 말은 냉담한 것일게요.[145]

**캐시어스**  시저를 그렇게 찬양한다 해서 비난하는 건 아니오.

215    당신은 우리와 어떤 협정을 맺을 생각이오?

우리들의 동지가 되겠소,

아니면, 당신을 믿지 말고 우리끼리 일을 진행해야 하겠소?

**앤토니**  그러기에 당신들의 손을 잡았던 것이오. 허나 시저의

시신을 내려다보자 그만 정신이 나가 요점을 잊었던 것이오.

220    나는 여러분의 동지이며 여러분 모두를 사랑하오.

다만 바라건대, 어째서 그리고 어떤 점에서

시저가 위험한 인물이었는지 그 이유만은 밝혀주시오.

---

143. *lethe*: 하데스(Hades)로 알려진 황천에 있는 강으로, 그 강을 건너면 저승이다. 또한 그 강물을 마시면 과거를 잊게 된다고 하며, 대체로 '망각'(oblivion)과 동일한 의미로 사용된다. 여기서는 '죽음의 세계를 흐르는 강'을 의미한다(*Arden*).

144. *How like . . . many princes*: 앤토니는 시저에 대한 찬사와 그를 암살한 자들에 대한 아첨을 결합하면서 주도면밀하게 균형을 유지하고 있다(*New Cambridge*).

145. *Mark Antony . . . modesty*: 앤토니는 시저에 대한 자신의 찬사에 대해 캐시어스가 항의할 것을 예상하고 이를 교묘하게 회피한다(*New Cambridge*).

**브루터스** 이유가 없다면야 이는 잔학한 짓이라 할 것이오.

시저를 살해한 이유는 충분히 타당한 것이기에,

앤토니, 당신이 시저의 친아들[146]이라 해도,          225

수긍할 것이오.

**앤토니**          그게 내가 바라는 전부요.

그리고 한 가지 청이 더 있는데, 시저의 시신을

광장으로 운구해서 장례식을 치를 때

그의 친구로서 연단에서 추도사를

할 수 있게 허용해 주시오.          230

**브루터스** 그렇게 하시오, 앤토니.

**캐시어스**          브루터스, 한 마디만 하세.

(브루터스에게 방백) 자네는 자신이 뭘 하는지 모르고 있네.

앤토니에게 추도사를 허락해선 절대로 안 되네.

그가 하게 될 추도사로 사람들이 얼마나 동요할지

생각해 보았나?

**브루터스** (캐시어스에게 방백) 염려 말게.          235

내가 먼저 연단에 올라가서,

시저를 살해한 이유를 밝히겠네.

앤토니가 할 추도사는, 우리의

양해와 허락을 받고 하는 것이며,

시저의 장례식에 합당한 모든 격식과          240

---

146. *the son of Caesar*: 브루터스가 시저의 사생아라는 소문을 시사한다. 앞 77행의 각
주 참조(*Arden*).

절차에 맞춰 엄수하도록 우리가 허락했다고 공표하면,

우리에게 해보다는 득이 될 걸세.

**캐시어스** (브루터스에게 방백) 어떤 사태가 벌어질지 모르겠네. 달갑지 않네.

**브루터스** 앤토니, 자, 시저의 시신을 옮기시오.

245       추도사를 할 때 우리를 비난해선 안 되오.

그러나 시저를 찬양하는 말은 얼마든지 해도 좋소.

단, 우리의 허락을 받았다고 밝히시오.

그렇지 않으면 시저의 장례식에 일절

관여하지 못할 것이오. 그리고 내가 먼저 오른

250       바로 그 연단에서 내 연설이 끝난 후에

말하도록 하시오.[147]

**앤토니**                 그렇게 하겠소.

그 이상은 바라지도[148] 않소.

**브루터스** 그러면 시신을 모실 준비를 해서 우릴 따라 오시오.

                                    (앤토니만 남고 모두 퇴장)

**앤토니** 나를 용서해 주시오, 피에 얼룩진 한 줌 흙이여,

---

147. 앤토니에게 추도사를 허락한 것은 브루터스의 치명적 실수다. 앤토니는 추도사를
이용해 교묘한 언변으로 민중이 폭동을 일으키도록 선동하기 때문이다. 따라서
이 극은 권력을 쟁취하는 방법은 물리적 폭력에 의해서가 아니라 민중의 지지를
얻는데 달려있음을 보여준다. 플루타르크에 의하면 브루터스가 시저의 살해 이후
두 가지 큰 실수 중 다른 하나는 시저의 편인 앤토니를 살해하자는 의견에 반대
한 것이다(*New Cambridge* 참조).

148. *Be it so . . . no more*: 이 간략한 대사는 겸손하고 고분고분한 것처럼 들리지만, 앤
토니의 성공에 대한 확신의 표현이기도 하다(EL). 그는 예상치 않았던 마지막 추
도사를 포함하여 자신이 원하는 모든 것을 얻었다.

이 백정 놈들을 나약하고 점잖게 대하다니!                        255

당신은 시간의 흐름 속에 살았던 인간 중에

가장 고결한 분의 유해,

이 고귀한 피를 흘리게 한 그 손에 재앙이 있으라!

벙어리 입처럼 그 붉은 입술을 벌리고,

내 혀가 대신 소리 내어 말해주길 애원하는                        260

당신의 상처를 두고서 내 지금 예언하노라ー

인간의 사지(四肢)에[149] 저주가 내리고,

골육상쟁과 격렬한 내란이

이태리 방방곡곡을 뒤덮으리라.

유혈과 파괴가 일상화될 것이며,                                265

끔찍한 일들도 너무나 익숙해져서,

어미들은 전쟁의 손에 어린 것들이

갈기갈기 찢기는 걸 보고도 그저 웃기만 할 뿐,

모든 연민은 일상화된 잔혹한 행위로 질식당하리라.

복수하고자 방황하는 시저의 영혼은,                             270

지옥에서 막 나온 복수의 여신 아테[150]를 동반하여,

전 국토에서 군왕의 목소리로 "살육하라"[151]고 외치면서,

---

149. *limbs of men*: 불만족스런 구절로, 원래 셰익스피어가 "혈통"(the line), "종족"(the
kind), "생명"(lives), [아이를 낳게 하는 남녀의] "허리"(the loins), "무덤"(the
tombs) 혹은 "자식들"(the sons)로 썼을 것으로 추정되었다(*New Cambridge*).

150. *Ate*: 【그리스신화】 아테. 인간을 멸망으로 인도하는 미망(迷妄) · 야심 따위를 상
징하는 불화와 복수의 여신. 셰익스피어는 아테를 주로 짓궂은 장난과 불화의 화
신으로 묘사한다(*Arden*).

전쟁의 사냥개를 풀어놓을 것이다.

이 비열한 행위는, 어서 묻어주길 바라며 신음하는

275    썩은 시체더미와 더불어, 이 세상을 악취로 뒤덮으리라.


옥타비우스의 하인 등장


너는 옥타비우스 시저의 하인이구나, 그렇지?

**하인**    그렇습니다, 앤토니 나리.

**앤토니**  시저가 그에게 로마로 오라는 편지를 썼는데.

**하인**    그 편지를 받고, 로마로 오시는 중입니다.

280    그리고 나리께 직접 이렇게 여쭈라 하셨습니다—

오 시저 나리!—                                      (시신을 본다)

**앤토니**  가슴이 미어지나 보구나, 저만큼 물러가서 울어라.

슬픔은 옮는가 보구나. 네 눈에 슬픔의 눈물방울이

맺히는 걸 보니 내 눈에도 눈물이 흐르기 시작한다.

285    네 주인은 오고 계시느냐?

**하인**    로마에서 팔십 리도 채 안 되는 곳에서 오늘밤 묵으실 겁니다.

**앤토니**  그러면 서둘러 돌아가, 사태를 알려드려라.

이곳은 비탄에 빠진 로마, 위험한 로마이니,

아직은 옥타비우스에게 안전한 곳이 아니다.

290    어서 가서, 그렇게 전해라. 아니, 잠깐만 기다려라.

---

151. *Havoc*: "무자비하게 해치우라!"(No quarter!)에 해당하는 이 명령은 대대적인 살육과 약탈을 선언할 때 군주만이 내릴 수 있는 선포로, 앤토니는 여기서 시저의 영혼에게 군왕의 특권을 부여한 것이다(*New Cambridge*).

내가 시저의 시신을 광장으로

모시고 난 후에 돌아가거라. 거기서

내 추도사로 이 무도한 자들이 저지른 잔악한 행위[152]를

민중들이 어떻게 받아들이는지 시험해 보겠다.

그 결과를 보고난 후 너의 젊은 주인 옥타비우스에게                    295

사태의 추이를 말씀드려라.

네 손을 좀 빌리자.                                    (시저의 시신을 들고 퇴장)

---

152. *issue*: 행위(action)

# 2장[153]


## 로마의 광장

한쪽에 연단이 있다. 브루터스와 캐시어스에 이어 시민들 무리 등장.

**시민들** 납득할 만한 이유를 대보시오. 이유를 밝히시오.

**브루터스** 그러면 나를 따라와서, 내 말을 들어 보시오, 여러분.

캐시어스, 자네는 저쪽 거리로 가서,

민중들을 나누도록 하세.

---

153. 이 장면에서 앤토니의 권력 장악이 분명해진다. 그런데 그것은 육체적 폭력을 통해서가 아니라 말로 설득하는 능력에 의해 작동되는 권력이다. 이 점이 이 극에서 전체적 중요성을 갖는다. 이 극은 넓은 의미에서 정치극으로, 사람들이 어떻게 권력을 성취하는가 하는 방법과, 다른 사람들에 대한 그리고 사회에 대한 그들의 행위를 정당화하기 위한 기도를 다룬다. 이 극의 전반부의 대부분은 정직한 혹은 부정직한 주장으로 사람들을 어떻게 설득하는가, 그리고 그에 따라 사람들이 어떻게 행동하는가에 관한 것이다. 이 장면은 대체로 두 상반된 주장들, 즉 시저의 암살에 대한 브루터스의 변호와 그에 대한 앤토니의 공격으로 구성되어 있다. 이 장면은 단순히 이 극의 플롯뿐만 아니라, 이 극의 주된 문제, 혹은 질문─중요한 공적 혹은 정치적 결정을 내릴 때 민중은 어떻게 행동하는가?─을 다루고 있다는 점에서 대단히 중요하다. 이 장면을 근거로 한다면 민중의 행위는 이성적인 판단에 의한 것과는 거리가 멀며, 그들은 앤토니처럼 자신의 교묘한 말과 선동으로 민중을 조종하여 그들의 지지를 얻을 수 있는 자의 말에 의해 움직인다. 브루터스와 앤토니의 연설에 대해 민중은 어느 순간 브루터스와 공화정을, 다음 순간에는 앤토니와 시저를 지지하는 변덕과 어리석음을 보여준다(Lamb).

내 말을 듣고 싶은 사람들은 여기에 남으시고,                    5

캐시어스를 따를 사람들은, 그와 함께 가시오.

그러면 시저를 살해한 대의명분을

밝히겠소.

**시민 1**　　　난 브루터스의 말을 들어보겠네.

**시민 2** 난 캐시어스의 말을 들어보겠네. 각자

그분들의 말을 들어본 후 나중에 비교해 보세.                    10

(캐시어스, 일부 시민들과 함께 퇴장. 브루터스는 연단에 오른다)

**시민 3** 고결하신 브루터스가 연단에 올라갔다. 조용히!

**브루터스** 끝까지 참고 들어주시오.[154]

로마시민, 동포, 그리고 친구들이여! 이유를 말할 테니

조용히 들어주시오. 내 명예를 걸고 말하는 것이니

나를 믿어주시고, 나를 믿으려면 내 명예를                        15

존중해 주시오. 여러분의 지혜로 나를 판단하되,

올바른 판단을 하도록 여러분의 이성을 깨워주시오.

만일 여러분 가운데 시저와 절친한 사람이 있다면,

그분께 이렇게 말하겠소. 시저에 대한 브루터스의 우정도

그분 못지않다고. 그런데 그 친구가 브루터스는 어째서         15

시저에게 반기를 들었냐고 묻거든—내 대답은 이렇소.

내가 시저를 덜 사랑해서가 아니라, 로마를 더 사랑하기

---

154. 시저를 살해한 데 대한 명분을 설명하는 브루터스의 대사는 원문도 판본에 따라
　　행수가 일치하지 않으며, 번역문 역시 행수가 일치하지 않으나, 가급적 *Riverside*
　　판에 맞췄음을 밝힌다.

때문이라고.[155] 여러분은 시저가 죽고 여러분 모두가 자유인으로

살기보다, 시저가 살고 여러분 모두가 노예로 죽는 걸 원하시오?

시저가 날 사랑했기에, 난 그를 위해 울었고,

25    시저가 행운을 차지했기에 난 그걸 기뻐했소. 시저가 용감했기에

난 그를 존경했소. 그러나 시저가 야심가였기에, 그를 죽였소.

시저에 대한 사랑으로 눈물이, 행운에 대해서는 기쁨이,

용기에 대해서는 존경이 있다면, 야망에 대해서는 죽음이 있을 뿐이오.

노예가 되기를 원할 만큼 그렇게 비열한 자가

30    여기 누가 있소? 있거든 말하시오. 그자에겐 내가

잘못을 저질렀소. 로마인이기를 원하지 않을 만큼 그렇게

야만스런 자가 여기 누가 있소? 있거든 말하시오.

그자에겐 내가 잘못을 저질렀소. 조국을 사랑하지 않을 만큼

그렇게 비열한 자가 여기 누가 있소? 있거든 말하시오.

35    그자에겐 내가 잘못을 저질렀소. 자, 대답을 기다리겠소.[156]

**일동**   없소, 브루터스, 아무도 없소.

**브루터스**   그렇다면 나는 아무에게도 잘못이 없소. 내가 시저에게

한 일은 앞으로 여러분이 내게도 할 수 있는 일이오.[157]

시저의 죽음에 대한 자초지종은 의사당에 기록되어 있소.

---

155. *Not that I loved Caesar less, but that I lov'd Rome more*: 로마인의 자유와 명예, 자
긍심을 중시하는 브루터스의 이상주의적 고결성이 단적으로 드러나는 대사이다.

156. 산문으로 진행되는 브루터스의 연설은 이성적으로 시저를 시해할 수밖에 없었던
자신의 대의명분과 그 정당성을 차분하게 밝히고 있다.

157. *than you . . . Brutus*: 즉 만일 브루터스가 독재자가 된다면. 그러나 그의 의도하지
않은 예언은 아이러니컬하게도 민중이 그의 죽음을 원할 때 성취된다.

시저가 받아 마땅한 영광이 결코 축소되지도 않았고,                              40

죽음을 면치 못했던 과오 또한 과장되지도 않았소.

　상복을 입은 앤토니와 시저의 시신을 멘 자들 함께 등장.

앤토니가 애도를 표하는 가운데 시저의 시신이 이리 오고 있소.

앤토니는 시저의 살해에 가담하지 않았으나, 시저가 죽음으로 인해

공화국의 국정에 참여하게 될 것이오. 그 점은 여러분도

마찬가지요.[158] 한마디만 더하고 물러나겠소.                              45

나는 로마의 유익을 위해 가장 친한 친구를 살해했으니,

조국이 나의 죽음을 요구할 때는,

나도 바로 그 칼로 나 자신을 찌르겠소.

**일동** 만세, 브루터스! 만세, 만세!

**시민 1** 승리의 환호성을 외치며 브루터스를 댁으로 모십시다.                              50

**시민 2** 브루터스의 동상을 그의 선조들 곁에 세우자.

**시민 3** 브루터스를 시저로 추대하자.[159]

**시민 4** 　　　　　　　　　　　　　시저의 장점만이

---

158. *as which . . . shall not?*: 여러분 모두도 마찬가지로 그렇게 될 것이오. 브루터스는
　　시저가 살아 있는 한 자유로운 공화국에서는 누구도 직책을 맡을 수 없다는 점을
　　시사한 것으로 보인다(*Arden*).

159. *Let him be Caesar*: 브루터스의 연설에 이렇게 환호하는 민중들은 브루터스가 친구
　　인 시저를 살해한 대의명분이 그가 "시저"가 되어 공화정을 파괴하는 일을 막기
　　위해서였음을 분명하게 깨닫지 못하는 그들의 무지를 드러낸 것으로, 이 극의 관
　　객들에게는 씁쓸한 아이러니로 의도된 것으로 보인다(*Arden*). 또한 시대착오적인
　　것으로 "시저"는 훨씬 나중에서야 직함을 의미하는 것으로 되었다(*Riverside*).

브루터스에게서 빛날 것이다.

**시민 1** 환호성을 외치며 그분을 댁으로 모십시다.

**브루터스** 동포 여러분—

55 **시민 2**                쉿, 조용히! 브루터스께서 말씀하시오.

**시민 1** 쉿, 조용히!

**브루터스** 동포 여러분, 나 혼자 물러가게 해주시오.

나를 위해서, 여기 앤토니와 남아 주시오.

시저의 시신에 조의를 표하고, 시저의 영광을 찬양하는

60 앤토니의 연설에도 경의를 표하시오. 앤토니의 연설은,

우리의 허락을 받고 하는 거요. 부탁컨대,

나 혼자만 갈 테니, 여러분은 앤토니의 연설이 끝날 때가지

한 사람도 떠나지 말아 주시오.                (퇴장)

**시민 1** 여기들 있읍시다, 여러분! 앤토니의 말을 들어 봅시다.

65 **시민 3** 그분을 연단으로 모십시다.

그분 말을 들어 봅시다. 자 앤토니, 어서 올라가시오.

**앤토니** 브루터스 덕분에, 여러분께 말할 수 있게 되어 감사하오.[160]

                (연단에 올라선다)

**시민 4** 브루터스에 대해 뭐라는 거요?

**시민 3**                브루터스 덕분이라 했고,

우리들 모두에게 감사한다고 했소.

70 **시민 4** 여기에선 브루터스의 험담을 하지 않는 게 좋을 걸!

**시민 1** 여기 이 시저는 폭군이었거든.

---

160. *beholding to*: 신세를 지다(beholden), 감사하다(obliged), 은혜를 입다(indebted).

**시민 3**                          그렇지, 그건 확실하지.

　　로마에서 그런 자를 제거한 건 천만 다행이오.

**시민 2** 조용히! 앤토니가 하는 말을 들어 봅시다.

**앤토니** 친애하는 로마 시민 여러분―

**일동**　쉿, 조용히! 들어 봅시다.

**앤토니** 친구, 로마 시민, 동포 여러분, 내 말을 들어 주시오.　　　　75

　　내가 여기 온 것은 시저의 장례를 치르기 위해서지,

　　찬양하러 온 게 아니오. 인간의 악행은 사후에도 남지만,

　　선행은 흔히 뼈와 함께 땅에 묻히기 마련이오.

　　시저 역시 그렇소. 고결한 브루터스는

　　시저가 야심을 품었다고 했소.　　　　　　　　　　　　　80

　　만일 그렇다면, 그것은 서글픈 결점이며,

　　시저는 그 대가를 가혹하게 치렀소.

　　여기, 브루터스와 나머지 분들의 허락을 받아 말씀드리오. ―

　　브루터스는 고결한 분이며,

　　다른 분들 역시 고결한 분들이오. ―　　　　　　　　　　85

　　나는 그분들 허락을 받고 시저의 장례식에 추도사를 하러 왔소.

　　시저는 내 친구였으며, 내게 성실하고 공정했소.

　　그러나 브루터스는 시저가 야심을 품었다고 했소.

　　브루터스는 고결한 분이오.

　　시저는 수많은 포로들을 로마로 데려왔고,　　　　　　　　90

　　포로들의 몸값으로 국고를 채웠소.

　　이것이 어찌 시저가 야심을 품은 것처럼 보이게 했단 말이오?

가난한 사람들이 울부짖을 땐,[161] 시저도 함께 울었소.

야심이란 이보다는 더 냉혹한 마음에서 생기는 것이오.

95 그런데도 브루터스는 시저가 야심을 품었다고 하오.

하지만 브루터스는 고결한 분이오.

여러분 모두가 보셨듯이, 지난 루퍼칼 축제일에

내가 세 번이나 시저에게 왕관을 바쳤지만,

그분은 세 번 다 거절했소. 이게 야심이란 말이오?

100 그런데도 브루터스는 시저가 야심을 품었다고 말하오.

분명히, 브루터스는 고결한 분이오.

나는 브루터스의 말을 반박하기 위해서가 아니라,

다만 내가 알고 있는 것을 말하기 위해 여기 있는 것이오.

여러분은 모두 한때 시저를 사랑했고, 그럴 만한 이유가 있었소.

105 그렇다면 여러분은 왜 그분을 애도하길 주저하는 것이오?

오 분별력이여! 그대는 야수에게 도망쳐버리고,

사람들은 이성을 잃었는가.[162] 나를 용서해 주시오.[163]

내 심장은 시저와 함께 관 속에 들어갔으니,

그 심장이 내게 되돌아올 때까지 기다려 주시오.[164]

---

161. *cri'd*: 궁핍함을 도와달라고 외치다.

162. O judgement . . . beasts: 흐느끼듯 이어지던 앤토니의 연설의 어조가 이 부분에서 갑자기 훨씬 더 격렬해진다. 브루터스와 달리, 앤토니는 감정에 호소한다(EL).

163. *Bear with me* = excuse me.

164. 앤토니는 민중에게 브루터스가 "고결한 분"이라고 반복해서 추켜세우지만, 한편으로는 시저의 공적을 높이 찬양한다. 우선 시저가 포로로 잡아온 자들의 몸값으로 국고를 충당하는 데 일조했고, 세 번이나 왕관을 거절했던 일화를 묘사하면서 이런

**시민 1** 앤토니의 말에도 상당히 일리가 있는 것 같소. 110

**시민 2** 그 일을 곰곰이 따져보면,

시저가 몹시 억울하게 살해됐구먼.

**시민 3**                                    그런가?

시저 대신 더 고약한 놈이 나타날까 걱정이오.

**시민 3** 앤토니 말 들었소? 시저가 왕관을 거절했다던데.

그렇다면 시저가 야심을 품지 않았던 게 분명하오. 115

**시민 1** 만일 그 일이 밝혀지면, 누군가 호되게 대가를 치러야지.

**시민 2** 가엾은 양반! 울어서 두 눈이 불덩이처럼 빨갛군.

**시민 3** 온 로마에 앤토니보다 더 고결한 분은 없소.

**시민 4** 자, 들어 봅시다. 다시 말을 시작하는구려.

**앤토니** 어제만 해도 시저의 말 한마디면 120

온 세상이 두려움에 떨었소. 그런데 지금은 저기 쓰러져

아무도 그분께 경의를 표하는 사람조차 없소.

오 여러분, 만일 내가 여러분의 마음을 선동하여

반란과 폭동165을 일으킬 의도가 있다면,

브루터스도, 캐시어스도 욕보이는 것이 되오. 125

그분들은, 모두 아시다시피, 고결한 분들이오.

그분들을 욕되게 하고 싶지 않소.166 그런 고결한 분들을

---

자가 과연 왕이 되고자하는 야심을 가졌을 리가 없음을 강조한다. 산문으로 진행되며 이성적이고 차분한 브루터스의 연설과 운문으로 진행되며 감정적이고 선동적인 앤토니의 연설은 대조적일 뿐 아니라 민중의 감정을 자극하는 힘이 있다(EL).

165. *mutiny and rage*: 앤토니는 민중에게 반란과 폭동을 선동하지 않겠다고 하지만 오히려 그러한 생각을 자극하고 있다(*New Cambridge*).

욕되게 하느니, 차라리 고인을 욕되게 하고[167]

나와 여러분을 욕되게 하겠소.

130 여기 시저가 봉인한 문서가 한 통 있소.

시저의 서재에서 발견한, 유언장이오.[168]

여러분이 그 내용을 듣기만 해도―

용서하시오, 난 읽을 생각이 없소이다만[169]―

여러분은 시저에게 달려가 그분의 상처에 입 맞추고

135 그 거룩한 피에 여러분의 손수건을 적시려 할 것이오.

그렇소, 유품으로 그분의 머리카락 한 올을 애걸하고,

여러분이 죽을 때, 그것을 유언장에 적어,

귀중한 유산으로 후손들에게

물려주려 할 거요.[170]

---

166. *I will not . . . wrong*: 앤토니는 마치 강력한 유혹을 뿌리치는 것처럼 말한다. 그는 "고결한 분들"에 대한 의무와 민중에게 시저가 얼마나 그들을 사랑했는지를 말해 주고 싶은 열망 사이에서 갈등하는 것처럼 말함으로써 민중의 호기심을 유발시킨 다(*New Cambridge*).

167. to wrong myself and you: 그는 시저가 야심을 품었다는 브루터스의 비난을 반박하지 않음으로써 시저를 값보이고, 자신과 민중이 그들의 말에 속아 넘어가도록 내버려 두겠다는 의미. 이러한 말로 앤토니는 민중이 자신과 시저를 동일시하도록 유도하면서 암살자들의 반대편에 위치시키고 암살자들에 대한 적개심을 선동한다(*New Cambridge*).

168. 플루타르크에 의하면 시저의 유언장은 앤토니의 연설에 앞서 원로원에서 읽혔다 (*New Cambridge*).

169. 앤토니는 이렇게 민중들의 애를 태운다. "유언"(will)이라는 단어는, 조동사(will)와 아울러 131행부터 162행까지 20번이나 반복해서 언급된다.

170. 앤토니는 시저의 유언장에 대한 민중의 호기심을 점점 더 교묘하게 자극한다.

**시민 4** 그분의 유언을 들어야겠소. 읽어 주시오, 앤토니.　　　　140

**일동**　유언장, 유언장! 시저의 유언장을 읽어 주시오.

**앤토니** 진정하시오, 여러분, 그것을 읽을 수는 없는 일이오.

　　　　시저가 얼마나 여러분을 사랑했는지 여러분은 모르는 게 좋소.

　　　　여러분은 목석이 아니라, 인간이기 때문이오.

　　　　인간인 이상, 시저의 유언 내용을 들으면,　　　　145

　　　　여러분은 격분하여 미치게 될 것이오.

　　　　여러분이 시저의 상속자란 사실을, 모르는 게 좋소.

　　　　만일 그걸 알게 되면, 오, 어떤 일이 벌어질지 모르겠소.

**시민 4** 유언장을 읽으시오! 그 내용을 알아야겠소, 앤토니.

　　　　유언장을 읽으시오, 시저의 유언장을.　　　　150

**앤토니** 진정해 주시오. 잠시 기다려 주시오.

　　　　내가 경솔하게 말했나 보오.

　　　　시저를 칼로 찌른 고결한 분들을

　　　　욕되게 할까 두렵소. 바로 그게 두렵소.　　　　155

**시민 4** 그들은 반역자들이오. 고결한 분들 좋아하네!ᵃ[171]

**일동**　유언장! 유언장을 읽으시오!

**시민 2** 그들은 악당, 살인자들이오. 유언장! 유언장을 읽으시오.

**앤토니** 날더러 기어이 유언장을 읽으라는 거요?

　　　　그렇다면 시저의 시신을 빙 둘러 서시오.　　　　160

　　　　유언장을 작성하신 그분을 보여드리겠소.

---

171. *honourable men!*: 앤토니의 지속적인 반복은 그의 의도대로 결국 민중들로 하여금
　　이 구절을 혐오스러운 것으로 받아들이게 만든다(EL).

연단에서 내려가도 되겠소? 허락해 주시겠소?

**일동** 내려오시오.

**시민 2** 내려오시오. (앤토니, 연단에서 내려온다)

165 **시민 3** 허락하오.

**시민 4** 빙 둘러섭시다.

**시민 1** 관에서 물러서시오, 시신 곁에서 물러섭시다.

**시민 2** 앤토니께 자리를 내드려요, 고결한 앤토니께.

**앤토니** 자, 너무 밀지 마시오. 좀 물러서 주시오.

170 **일동** 물러섭시다, 자리를 내드립시다, 뒤로 물러섭시다.

**앤토니** 여러분께 눈물이 있다면, 지금 흘릴 준비를 하시오.

여러분은 모두 이 외투를 아실 거요. 나는 시저가

이 외투를 처음 걸쳤던 때를 기억하오.

어느 여름날 저녁, 시저의 막사 안이었소.

175 그날은 바로 네르비 족[172]을 정복한 날이었소.

보시오, 이곳을 캐시어스의 칼이 찌르고 들어갔소.

원한에 가득 찬 캐스카의 칼이 찌른 이 자국을 보시오.

여기는 총애를 받던 브루터스가 찔렀는데,

---

172. *overcame the Nervii*: 이 승리는 갈리아 전쟁에서 시저가 가장 힘겹게 얻은 그리고 가장 결정적인 승리였다(BC 57). 네르비 족은 갈리아 족들 중 가장 용감하고 호전적인 전사들이라는 기록이 있다. 이 싸움에서 시저는 뛰어난 용감성을 과시했으며, 그의 부하들에게 깊은 인상을 심어주었다. 로마에서는 이 승리를 전례 없는 축연과 엄숙한 행렬 의식으로 성대하게 기렸다. 실제로 앤토니는 이 전투에 참전하지 않았으며, 3년 뒤 시저와 갈리아에서 합류하였다. 그러나 이 승리에 대한 앤토니의 언급은 대단히 효과적이다(*Arden*).

저주스런 칼을 뽑아 들자, 시저의 피가

그 칼을 따라 나와 얼마나 쏟아졌나 보시오.          180

마치 문 밖으로 쫓아 나와 브루터스가 정말 그렇게

잔인하게 찔렀는지 확인하려는 듯이 말이오.

여러분도 알다시피, 시저는 브루터스를 총애했소.

오 신이시여, 시저가 얼마나 그분을 사랑했나[173] 판단하소서.

이거야말로 가장 잔인무도한 칼자국이오.          185

고귀한 시저는 브루터스마저 찌르는 것을 보자,

반역자의 칼보다 훨씬 더 강한 그 배신에

완전히 무너지고, 시저의 위대한 심장은 터지고 말았소.

시저는 망토로 얼굴을 감싸고,

피를 흘리고 있는 듯한 폼페이의 동상 밑에,          190

위대한 시저께서 쓰러졌던 것이오.

오, 동포 여러분! 이런 처참한 파멸이 어디 있단 말이오,

피비린내 나는 반역은 승리한 반면,

나나, 여러분, 우리 모두는 파멸한 것이오.

오, 이제들 눈물을 흘리는구려. 여러분이 연민의 충격[174]을          195

느끼는가 보구려. 거룩한 눈물이오.

선량한 동포들이여, 시저의 옷에 난 상처만 보고도

그렇게 눈물을 흘린단 말이오? 여기를 보시오,[175]

---

173. *how dearly Caesar lov'd him*: 앞에서 언급했듯이, 시저가 총애했던 인물은 마커스
브루터스가 아니라 데시머스 브루터스(Decimus Brutus)였다(*Riverside*).

174. *dint*: 충격(stroke).

175. *Look you here*: 브루터스가 살아 있을 때 앤토니는 단지 찢기고 피 묻은 시저의 의

(시저의 망토를 걷어 올리며)

여기 그분이 있소. 보다시피, 반역자들에게 난도질당한 시저가!

200 **시민 1** 오, 처참한 모습!

**시민 2** 오, 고결한 시저!

**시민 3** 오, 슬픈 날이구나!

**시민 4** 오, 반역자들, 악당들!

**시민 1** 오, 무참한 광경이오!

205 **시민 2** 복수를 합시다.

**일동** 복수다! 당장! 찾아내자! 불사르자! 불 지르자! 죽여라!

때려잡자! 반역자는 한 놈도 살려주지 말자!

**앤토니** 잠깐만, 동포 여러분.

**시민 1** 쉿, 조용! 고결한 앤토니의 말씀을 들어봅시다.

210 **시민 2** 저분 말을 듣고, 저분을 따르고, 저분과 생사를 같이 합시다.

**앤토니** 친애하는 친구 여러분, 내 말에 격분해서[176] 갑자기

폭동을 일으켜선 절대로 안 되오.

이번에 거사를 일으킨 분들은 다 고결한 분들이오.

무슨 사적인 원한이 있었기에[177] 이런 일을 했는지

---

복만을 보여줬다. 셰익스피어는 시저의 시신을 보여주는 것으로 각색함으로써 앤토니의 연설에 강력하고 감동적인 절정을 제시한다(*Arden*).

176. *Good friends . . . flood of mutiny*: 일시적으로 폭동을 저지하려는 듯한 앤토니의 말은 아이러니하게도 군중들의 폭력을 증폭시킬 뿐임을 잘 알고서 한 것이다(*New Cambridge*).

177. 암살자들을 옹호하는 말처럼 들리지만, 그의 말은 암살자들이 공공의 이익을 위해서가 아니라 자신들의 사적인 이익을 위해서 행동했을 따름이라는 사실을 시사한다(*Kitteridge*).

난 모르겠소. 그들은 현명하고 고결한 분들이오.                                              215

그러니, 분명, 그 이유를 여러분께 설명해 줄 것이오.[178]

 친구 여러분, 나는 여러분 마음을 훔치려고 여기 온 게 아니오.

나는 브루터스같은 웅변가도 아니오.

여러분 모두 알다시피, 나는 다만 친구를 사랑하는

평범하고 무뚝뚝한 사내일 뿐이오. 그분들도 그걸 잘 알기에       220

고인에 대한 추도사를 하도록 허락해 주었던 거요.

나는 사람의 피를 끓게 할 재치도, 말주변도, 권위도,

몸짓도, 달변도, 설득력도 없는 사람이오.

나는 그저 솔직하게 말할 뿐이고,

여러분 자신도 잘 알고 있는 것을 얘기할 뿐이오.                               225

시저의 상처를, 저 가엾기 그지없는 말없는 상처를 보여주고,

그 상처 대신 말한 것뿐이오. 만일 내가 브루터스이고,

브루터스가 앤토니라면, 그 앤토니는

여러분의 마음을 격분케 해 미치게 하고,

시저의 상처 하나하나에 혀를 달아주어 로마의 돌들마저             230

들고 일어나 폭동을 일으키도록 선동했을 것이오.

**일동** 폭동을 일으키자.

**시민 1**                                브루터스의 집을 불 지르자.

**시민 3** 자 가자! 가서 음모자들을 찾아내자.

---

178. 물론 앤토니는 브루터스가 시저를 암살한 거사의 명분을 연설할 때 함께 있지는
    않았지만, 앤토니의 연설에 말려든 민중들은 이제 브루터스의 설명을 기억해 낼
    만한 상황이 아니다.

**앤토니** 내 말을 들어주시오, 동포 여러분. 내 말을 들어 주시오.

235 **일동** 조용히, 쉿! 말을 들어보자, 고결한 앤토니의 말을!

**앤토니** 아니, 친구들, 여러분은 이유도 모르고 소동을 벌이려고 하오?

도대체 시저의 어떤 점이 여러분의 사랑을 받아 마땅한 거요?

아, 여러분은 모르고 있소. 그러니 말씀드려야만 하겠소.

여러분은 내가 말했던 유언장을 잊고 있소.

240 **일동** 정말 그렇군. 유언장이다! 기다려서 유언을 들어 봅시다.

**앤토니** 이게 바로 그 유언장이오. 시저의 인장이 찍혀 있소.

모든 로마 시민에게 그분은,

한 사람도 빠짐없이 각각 75드라크마[179]씩 남긴다는 내용이오.

245 **시민 2** 참으로 고결한 시저! 그분의 죽음에 복수하자.

**시민 3** 오 훌륭한 시저!

**앤토니** 참고 내 말을 들으시오.

**일동** 조용히, 쉿!

**앤토니** 게다가, 시저는 여러분께 자신의 산책로와,

250 개인 소유의 정자, 그리고 타이버 강 이쪽 기슭에

새로 나무를 심은 과수원을 남겨주었소. 그것들을 여러분과,

후손들에게 영원히 남겨주었소. 모두가

---

179. *seventy-five drachmas*: 드라크마는 원래 그리스의 동전이었다. 1드라크마는 대략
19센트 정도의 환율 가치가 있지만, 고대에는 돈의 구매력이 대단히 컸을 뿐 아
니라 당시와 오늘날의 실제 가치의 차이도 대단히 크기에 그 가치를 정확히 가
늠하기가 상당히 어렵다. 그럼에도 불구하고 학자들은 74드라크마를 오늘날 약
200달러가량 의 가치로 환산한다. 이정도 금액을 시저가 모든 로마 시민에게 유
산으로 남겨주기엔 불가능하다(*Riverside*).

자유롭게 거닐고, 쉴 수 있는 공원으로 말이오.

시저는 그런 분이었소! 언제 그런 분이 다시 나타나겠소?

**시민 1** 절대로, 절대로 없을 거요. 자, 갑시다, 가!                                   255

시저의 유해를 성소에서 화장하고,

장작불로 반역자들 집을 불살라 버립시다.

자, 시저의 시신을 들어 올립시다.

**시민 2** 불을 가져오시오.

**시민 3** 의자를 부숴라.                                                          260

**시민 4** 의자건, 창문이건, 닥치는 대로 뜯어내라. (시신과 함께 시민들 퇴장)

**앤토니** 이젠 될 대로 되라. 재앙이여, 일이 시작됐으니,

어디로든 마음 내키는 대로 끌고 가라! 무슨 일이냐, 너는?


옥타비우스의 하인 등장.


**하인** 나리, 옥타비우스 나리께서 이미 로마에 도착하셨습니다.

**앤토니** 어디에 계시느냐?                                                         265

**하인** 레피더스 나리와 함께 시저 나리 댁에 계십니다.

**앤토니** 그를 만나러 즉시 그리로 가겠다.

바라던 차에 때맞춰 왔구나. 운명의 여신도 기분이 좋은 모양이다.

이런 분위기라면 모든 일이 잘될 것 같다.

**하인** 주인나리 말씀이, 브루터스와 캐시어스가                                      270

미친 듯이 말을 달려 로마 성문을 빠져나갔답니다.

**앤토니** 아마도 내가 시민들을 선동한 걸

눈치 챈 모양이다. 옥타비우스에게 안내해라.              (퇴장)

# 3장[180]


## 로마의 거리

시인 시나가 등장하고, 곤봉을 든 시민들, 몰래 따라온다.


**시나**   간밤에 시저와 함께 잔치를 벌이는 꿈을 꿨다.

      그래선지 불길한 예감이 들어 심란하군.

      집 밖을 나다닐 생각이 없는 데도,

      뭔가가 나를 밖으로 끌어내는 것 같거든.


시민들 등장.


<sub>5</sub> **시민 1** 당신 이름이 뭐요?

  **시민 2** 어디 가는 길이요?

  **시민 3** 어디 살고 있소?

  **시민 4** 결혼했소, 아니면 총각이오?

  **시민 2** 하나하나 물음에 솔직히 대답하쇼.

<sub>10</sub> **시민 1** 그리고 간단하게.

---

180. 이 장면의 목적은 앤토니의 선동의 결과로 일어난 짧고 폭력적인 사건을 극화하는 것이다. 폭도들의 첫 번째 행동은, 그들의 감정이 불붙은 반면 그들의 이성이 흐려져서 시저의 암살과 아무런 관련이 없는 자를 분별없이 살해하는 것이다. 폭도들은 시인 시나를 음모자 시나와 혼동한다. 그가 폭도들에게 그들의 잘못을 말해줘도 그들은 어쨌든 시인 시나를 학살한다(*New Cambridge*).

**시민 4** 그리고 현명하게.

**시민 3** 그리고 정직하게, 그래야 신상에 좋을 거요.

**시나**  이름이 뭐냐? 어딜 가는 길이냐?

　　　어디 사느냐? 결혼했냐, 아니면 총각이냐?

　　　하나하나 솔직하게, 간단하게, 현명하게,　　　　　　　　　　15

　　　정직하게 대답하리다. 현명하게 말해서, 총각이오.

**시민 2** 거 마치 결혼한 놈들은 바보들이란 말투구만.

　　　그따위로 말하다간 한 대 맞아야겠어.

　　　계속해봐, 솔직하게.

**시나**  솔직히 말해서, 시저의 장례식에 가는 길이오.　　　　　　20

**시민 1** 친구로서, 아니면 적으로서?

**시나**  친구로서요.

**시민 2** 그건 솔직한 대답이군.

**시민 4** 어디에 사는지 말해봐, ―간단하게.

**시나**  간단히 말해서, 의사당 옆에 살고 있소.　　　　　　　　25

**시민 3** 이름은? 정직하게 말해.

**시나**  정직하게 말해서 내 이름은 시나요.

**시민 1** 이놈을 찢어 죽여라. 이놈은 음모자와 한패다.

**시나**  나는 시인 시나요, 시인인 시나란 말이오.

**시민 4** 엉터리 시를 쓴 이놈을 찢어 죽이자, 엉터리 시를 쓴 죄로　　30

　　　이놈을 찢어죽이자.

**시나**  나는 음모에 가담한 시나가 아니란 말이오.

**시민 4** 그런 건 상관없어. 이놈의 이름이 시나다.

이놈의 심장에서 이름만 도려내고, 이놈을 돌려보내자.

35    **시민 3** 찢어 죽여라, 찢어 죽여!

그들 시나를 공격한다.

자, 횃불을, 어서! 횃불을 가져오래도! 브루터스 집으로 가자,
캐시어스 집으로 가자; 모두 태워버리자! 데시어스 집으로,
캐스카 집으로, 리게리어스 집으로도 가자. 어서! 자, 가자!

(퇴장)

4막

# 1장

**로마. 안토니의 저택 안.**

앤토니, 옥타비우스, 레피더스가 탁자에 앉아 있다.

**앤토니** 이자들은 모조리 사형이오. 이름에 표시해두었소.[181]

**옥타비우스** 당신 형님도 사형이오.[182] 동의하시오, 레피더스?

**레피더스** 동의하오 —

**옥타비우스**         표시를 하시오, 앤토니.

**레피더스** 단, 당신 조카인 퍼블리어스[183]도

---

181. *These many . . . are prick'd*: 장면이 시작되면 3인의 집정관(consulate)은 이미 선고하는 일을 거의 마무리 짓고 있다. 앤토니는 적대적이거나 의심 가는 사람의 명단을 들고서 나머지 두 집정관들의 동의하에 이름에 구멍을 뚫거나 점을 찍는 등과 같은 방법으로 표시하고 있다. 이들이 하는 일에 대한 공포는 앤토니가 자신의 조카를, 그리고 레피더스는 그 자신의 친형을 살해하는 일을 결정하는 데서 취하는 무심한 태도에서 생생하게 드러난다(Kittredge).

182. *Your brother . . . die*: 레피더스의 형(Lucius Aemilius Paullus)은 B.C. 50년에 집정관직을 포함하여 고위직을 맡았다. 시저의 암살 때 그는 공화파에 합류하였으며, B.C. 43년에 레피더스가 앤토니편을 든다는 이유로 공공의 적이라고 선언한 자들 중 한 사람이다. 수개월 후 3인 위원회(Triumvirs)가 형성되었을 때 그의 이름은 동생 레피더스에 의해 작성된 사형 선고자 명단에 제일 먼저 올려졌다. 그러나 그는 아마도 레피더스의 묵인 하에 탈출하여 브루터스 편에 합류하였을 것으로 추측된다. 필리파이(Philippi) 전투 이후 사면되었으나 그는 로마로 돌아오길 거부하고 타국에서 죽었다(*Arden*).

사형에 처한다는 조건이오, 앤토니. 5

**앤토니** 그 애도 사형이오. 보시오, 그에게도 표시해두었소.[184]

그러면 레피더스, 시저 댁으로 가서,

유언장을 이리 가져와 주시오. 유산을 분배할 때

얼마라도 금액을 삭감할 수 있는지 방법을 찾아봅시다.

**레피더스** 그러면 당신들은 여기 있을 거요? 10

**옥타비우스** 여기 아니면 의사당에 있을 거요. (레피더스 퇴장)

**앤토니** 저 사람은 하찮고 쓸모없는 친구라,

심부름이나 시키기에 딱 알맞군.

천하를 셋으로 나누어서, 그에게 한몫을

준다는 게 타당한가?

**옥타비우스** 그렇게 생각한 건 당신이었소. 15

사형에 처하거나 추방할 자들 명단에서

사형에 처할 자들을 정할 때도 그분의 의견을 들어주었소.

**앤토니** 옥타비우스, 내가 자네보다 세상을 더 오래 살았네.[185]

---

183. *Publius*: 앤토니는 퍼블리어스라는 조카가 없었다. 그러나 그의 외삼촌(Lucius Caesar)이 3인 위원회가 작성한 선고인 명단 중에 있었다. 실수였건 의도적이었건 셰익스피어는 앤토니의 조카에 대한 이야기를 끌어들여 앤토니가 기꺼이 그를 사형 선고하는 모습을 보여줌으로써, 음모에 성공하려면 앤토니를 살해해야만 한다는 주장을 거부하고 그를 살려준 브루터스와 대조시킨다. 혹은 셰익스피어는 앤토니가 공정하고 냉정한 자임을 보여주고자 한 것으로 보인다(*Arden*).

184. *He shall not . . . damn him*: 셰익스피어는 관객들이 3인 위원회의 편을 들지 않도록 앞의 제3막에서 앤토니가 얻어냈을지도 모르는 동정과 감탄으로부터 거리를 두게 한다(*Arden*).

185. 앤토니(B.C. 83~B.C. 30)와 옥타비우스(B.C. 63~A.D. 14)의 나이(20살)와 앤

비록 우리가 그자에게 그런 영예를 나눠줬지만,

20 그건 우리가 받게 될 온갖 악평의 짐을 덜기 위한 것이었네.

그자는 마치 금덩이를 지고 있는 마귀나 다름없이,

짐에 눌려 신음하며 땀을 흘리며

우리가 지시하는 대로 이리 저리 끌려 다니다가

우리가 원하는 목적지에 물을 져 나른 뒤에는

25 짐을 내려놓게 하고 풀어 놓아주기만 하면 되네.

그때는 짐을 내려놓은 나귀처럼 귀를 흔들며

들판에서 풀이나 뜯어 먹을 걸세.

**옥타비우스**                                    당신 뜻대로 하시오.

하지만 그분은 용맹한 백전노장이오.

**앤토니** 내가 타는 말도 그렇다네, 옥타비우스. 그래서

30 나는 내 말에게 먹이를 배불리 준다네.

이 짐승에게 싸우는 법,

돌아서고 멈추는 법, 곧장 달리는 법을 가르쳤으니,

그놈의 동작을 이제 내 마음대로 조종할 수 있지.

레피더스도 어느 정도 그 짐승과 같으니,

35 그자도 가르치고 훈련하고 달리라고 명령해야 할 위인이네.

무능한 친구이지. 한물 간 물건이나, 재주나,

모방을 좋아하지만,[186]

---

토니의 성격을 고려하여 공적인 자리를 제외하면 앤토니가 후자에게 평어체를 사
용하는 것으로 번역함(역자 주).

186. 레피더스는 상상력과 창의력이 부족한 우둔한 자로서, 다른 사람이 이미 알고 있

그것들은 다른 사람들이 쓰다 버리거나 낡은 것인데도,

그자는 최신 유행인줄 알고 있지. 소도구 정도로나

취급하면 그만일세. 그런데 옥타비우스,                    40

중요한 일이니 들어보게. 브루터스와 캐시어스가

군대를 모은다고 하네. 우리도 즉시 군사를 모아야겠네.

우선 동지들을 규합하고,

유력자들을 동맹군으로 만들고, 최선의 방책을 강구하고,

즉시 회의를 열어서,                                      45

어떻게 하면 감춰진 음모를 더 잘 밝혀낼 수 있을지,

또 명백히 드러난 위험에는 어떻게 확실히 대처할 수 있을지 논

　의하세.

**옥타비우스**  그럽시다. 우리는 말뚝에 묶인 채,

많은 적들에 둘러싸인 곰 신세가 되었소.

미소 짓는 자들도 속으로는                                 50

무수한 흉계를 품고 있지 않을까 걱정이오.        (함께 퇴장)

---

거나 사용하다 내다 버린 것들을 취하여 마치 이러한 것들이 새로운 것이나 되는
것처럼 흉내나 내는 수준의 무능력한 인간을 묘사되고 있다(*Riverside*).

# 2장

### 사르디스 근처 진영. 브루터스의 막사 앞.

북소리. 브루터스, 루실리어스, 루시어스, 병사들 등장.
티티니어스와 핀다러스가 그들을 만난다.[187]

**브루터스**   여봐라, 정지!

**루실리어스**   뒤로 전달,[188] 정지.

**브루터스**   아니, 루실리어스 아닌가! 캐시어스도 가까이 와 있나?

**루실리어스**   근처에 와 있습니다. 장군께 주인 캐시어스의

인사를 전하기 위해 핀다러스가 왔습니다.

**브루터스**   인사 고맙소. 그런데 핀다러스, 자네 주인은

사람이 변한 건지, 부하들을 잘못 둔건지,

내가 하지 말았으면 하고 바라는 일들만 골라서 했다는

몇 가지 근거가 있네. 하지만, 근처에 와 있다니

---

187. 이 장면의 시작 부분과 무대 지시에 대해서는 논란을 야기했다. F의 무대지시와
이어지는 대화를 보면 이미 도착해서 아마도 루시어스를 대동한 브루터스가 핀다
러스와 티티니어스(이 둘은 루시어스의 반대편 무대로 등장한다는 의견이거나,
혹은 이 둘은 30행에서 캐시어스와 함께 등장한다는 의견도 있다)를 대동한 루실
리어스를 맞이하는 것으로 본다(*New Cambridge*). 이 장면의 동선에 대해서는 같
은 책에 실려있는 월터 호지스(Walter Hodges)의 그림 참조(같은 책 7).

188. *Give the word*: 루실리어스는 브루터스의 정지 명령을 자신의 부장(副將)들에게 전
하라고 지시한다.

그 이유를 들어봐야겠네.

**핀다러스**                                       소인은 고결하신 주인께서                                    10

예 존경과 명예를 받기에 합당한 그런 분이란 사실을

믿어 의심치 않습니다.[189]

**브루터스**   그를 의심하는 건 아닐세. 한 마디만, 루실리어스.

자네를 어떻게 대하던가, 자세히 좀 말해 보게.

**루실리어스**   충분히 예의를 갖춰 정중히 대하지만,                              15

예전에 보이셨던 친밀감의 표시나,

허물없고 우호적인 대화는

전혀 없었습니다.

**브루터스**                                   그건 뜨거웠던 우정이

식어가고 있음을 말해주지. 명심하게, 루실리어스,

우정이 병들어 썩어가기 시작하면,                                          20

억지로 예의를 차리는 법.

솔직하고 진실한 믿음에는 술수가 없지만,

속이 비어있는 자들은, 경주에 나선 말들처럼 처음에는 기세 좋고,

당당하고 용감한 척하지만,

막상 피투성이 박차를 감당해야 할 때는,                                    25

갈기를 축 늘어뜨리고, 비루먹은 말처럼,

시련에 처하면 기세가 꺾이는 법일세. 그의 군대가 진군해 오는가?

**루실리어스**   오는 밤 사르디스에 진을 친답니다.

---

189. *will appear*: 주인님과 직접 이야기를 나누시면, 주인님께서 브루터스님의 의도와
주인님의 명예에 합당하게 행동하셨음을 알게 되실 겁니다(*New Cambridge*).

주력부대[190]인 기병[191]은

캐시어스와 함께 도착했습니다.

30 **브루터스**                     오, 들어보게! 그가 도착했군.

(안에서 낮은 행진곡 소리)

천천히 행군하여 그를 맞이하세.

캐시어스와 그의 군대 등장.

**캐시어스** 여봐라, 정지!

**브루터스** 여봐라, 정지! 명령을 전달하라.

**병사 1** 제자리에 섯!

35 **병사 2** 제자리에 섯!

**병사 3** 제자리에 섯!

**캐시어스** 처남, 처남은 나를 모욕했네.

**브루터스** 신들이여, 판단하소서! 내가 적들조차 모욕한 일이 없거든,

하물며, 어떻게 매제를 모욕하겠나?

40 **캐시어스** 브루터스, 이 침착한 태도가 모욕하는 마음을 감추고 있네.

자네가 사람을 모욕할 때는ㅡ.

**브루터스**                     캐시어스, 진정하게.

불평이 있으면 조용히 말하게. 나는 자네를 잘 알고 있네.

지금 양측의 군대가 지켜보는 앞에서는,

---

190. *The greater part*: 주력부대(the main force).

191. *the horse in general*: 기병대(all the mounted soldiers, namely, calvary)(*New Camrbridge*).

우리의 우정만을 보여줘야 할 것이니,

다투지 말도록 하세. 부하들을 다른 데로 물러가게 하고　　　　45

내 막사로 들어와, 마음껏 불평을 쏟아놓게.

귀담아 들어 주겠네, 캐시어스.

**캐시어스**　　　　　　　　　　핀다러스,

부대장들에게 자기 부대를 여기서 조금 떨어진 곳으로

이동시키라고 전하라.

**브루터스**　루실리어스도 그렇게 전하라.　　　　　　　　　50

우리 회의가 끝날 때까지 어느 누구도 막사에 얼씬 못하게 하라.

루시어스와 티티니어스는 입구를 지키도록 하라.　　　　(퇴장)

# 3장

**사르디스 근처 진영. 브루터스의 막사 안.**

브루터스와 캐시어스 등장

**캐시어스**  자네가 나를 모욕했다는 증거는 이렇다네.

자네는 이곳 사르디스인들의 뇌물을 받았다는 죄목으로

루시어스 벨라를 처벌하고 오명을 씌웠네.

내가 그 사람을 잘 알기에, 탄원하는

5   편지를 보냈는데, 자넨 그걸 싹 무시해 버렸네.

**브루터스**  그런 경우 편지를 쓰는 것 자체가 자신을 모욕하는 걸세.

**캐시어스**  지금 같은 때에 사소한 잘못을 일일이

따지는 건 합당한 처사가 아닐세.

**브루터스**  터놓고 말하겠네, 캐시어스, 자네 자신도

10   금전을 탐하여 자격도 없는 자들에게

관직을 팔고 거래한다고

많은 비난을 받고 있네.

**캐시어스**                   내가 금전을 탐한다니!

그따위 말을 하는 자가 브루터스이니 망정이지,

다른 자가 그랬다면, 이 세상 마지막 말이 됐을 걸세.

15  **브루터스**  캐시어스란 이름 때문에 부패도 용서되고,

그에 따른 처벌도 무마된 걸세.

**캐시어스** 처벌이라니!

**브루터스** 잊지 말게, 삼월을, 삼월 보름을 잊지 말게.

위대한 줄리어스가 피 흘린 것도 정의 때문이 아니었나?

그의 몸을 찌른 사람들 가운데 정의를 위해서가 아니면,　　　　20

그 어떤 악당이 시저를 찔렀겠나? 아니,

로마인의 자유를 도둑질한 걸 옹호했다는 이유만으로

이 세상 최고의 인물을 살해한 우리들인데, 그 중 어느 한사람이 지금

더러운 뇌물로 손을 더럽히고,

우리가 얻은 지극히 크고 높은 명예를,[192]　　　　25

몇 푼 안 되는 돈에 팔아 넘겨서야 되겠나?

나라면 그런 로마인이 되느니,

차라리 개가 되어 달을 보고 짖겠네.

**캐시어스**　　　　　　　　　　브루터스, 나에게 짖어대지 말게.

더 이상 참을 수가 없네. 자네는 이성을 잃고

나를 몰아대고 있네. 난 군인일세, 난　　　　30

자네보다 실전 경험도 많고,

상황을 처리하는 능력도 더 뛰어나단 말일세.

**브루터스**　　　　　　　　　　　천만에! 그렇지 않네.

**캐시어스** 그렇다네.

**브루터스** 그렇지 않다니까.

---

192. *the mighty . . . honours*: 혹은 "명예로운 고위직에 임명할 수 있는 우리의 권한
을"(*Arden*).

**캐시어스** 그만 몰아세우게, 무슨 짓을 저지를지 모르니.

자신의 안전을 위해서라도, 더 이상 내 비위를 건들지 말게.

**브루터스** 물러가게, 형편없는 인간!

**캐시어스** 아니 이럴 수가?

**브루터스** 들어보게, 말할 테니.

자네의 급한 성질 때문에 내가 물러설 줄 알았나?

미친 자가 노려본다고 내가 겁먹을 줄 알았나?

**캐시어스** 오 신이시여, 신이시여! 이 모든 걸 참아야 합니까?

**브루터스** 그뿐 아닐세! 더 있네. 오만한 심장이 터져버릴 때까지

화를 내보게. 노예들에게나 얼마나 성질이 급한지 보여줘서,

벌벌 떨게 하시지. 내가 물러서야겠나?

내가 자네 비위나 맞추라고? 성깔을 부린다고

내가 설설 기며 굽실댈 줄 알았나? 맹세코,

자네 울분에서 나온 독은 자네 스스로 마시게.

그 독으로 자네 몸이 두 쪽이 나든 말든. 오늘 이후론,

자네가 아무리 성질을 부려도, 내게는 심심풀이로,

그렇지, 웃음거리로 삼겠네.

**캐시어스** 정말 이러긴가?

**브루터스** 자네가 나보다 더 유능한 군인이라 했나?

어디 한 번 보여주게. 큰소리 친 게 사실인지 보여주게.

그러면 아주 기쁘겠네. 나는 훌륭한 분들에게

배우기를 즐겨하는 사람일세.

**캐시어스** 자네는 사사건건 오해하고 있네. 오해일세, 브루터스.

난 자네보다 실전 경험이 더 많다고 했지 더 유능하다고는 안했네.

내가 더 유능하다고 했단 말인가?

**브루터스**                                    그렇게 말했어도 상관없네.

**캐시어스** 시저가 살아 있어도, 나를 이렇게까지 격분케 하진 못했을 걸세.

**브루터스** 그만, 그만! 자네는 감히 시저에게 대들지도 못했을 걸세.

**캐시어스** 감히 못했을 거라고!                                    60

**브루터스** 그렇다네.

**캐시어스** 뭐라고, 감히 대들지도 못했을 거라고?

**브루터스**                                    결단코 못했을 걸세.

**캐시어스** 내 우정을 너무 믿지 말게.

후회할 짓을 저지르고 말지도 모르니.

**브루터스** 자네는 이미 후회할 짓을 저지르지 않았나.                                    65

자네의 위협 따윈 겁나지 않네, 캐시어스.

나는 정직이란 갑옷으로 단단히 무장하고 있기에,

위협쯤은 부질없는 바람처럼 스쳐 지나갈 뿐일세.

얼마간의 군자금을 필요해서

사람을 보내어 요청했더니 자네는 거절했네.                                    70

나는 더러운 수단으로 자금을 모으지 못하는 사람일세.

가난한 농부들의 거친 손을 쥐어짜서

부정한 방법으로 그들의 푼돈을 긁어모으느니,

차라리 내 심장을 녹여 금화를 만들고 그 피 한 방울 한 방울로

은화를 만들겠네. 병사들에게 지불할                                    75

급료를 요청하러 자네에게 사람을 보냈더니,

자네가 거절했네. 그것이 캐시어스다운 행동인가?

나라면 캐시어스에게 그렇게 대했겠나?

마커스 브루터스가 인색하게도

80    돈 몇 푼이 아까워 친구의 부탁을 거절하는 날에는,

신들이여, 당장 벼락을 내리쳐

이 몸을 갈기갈기 찢어 버리소서!

**캐시어스**                                      나는 요청을 거절하지 않았네.

**브루터스**  거절했네.

**캐시어스**        안했대도. 내 대답을 전한 녀석이

바보였던 모양이지. 브루터스, 자네는 내 가슴을 찢어 놓았네.

85    친구라면 친구의 결점을 감싸줘야 하건만,

브루터스는 내 결점을 실제보다 더 크게 보다니.

**브루터스**  아닐세, 자네가 내게 결점을 들이밀지 않는 한.

**캐시어스**  자넨 날 좋아하지 않는군.

**브루터스**                      자네의 결점을 좋아하지 않을 뿐일세.

**캐시어스**  친구라면 그런 결점은 절대로 눈에 띄지 않을 걸세.

90  **브루터스**  아첨꾼의 눈엔 띄지 않을 걸세, 비록 그 결점이

저 높은 올림포스 산처럼 거대하다 해도.

**캐시어스**  앤토니 오너라, 애송이 옥타비우스도 오너라,

와서 이 캐시어스에게만 복수해라.

캐시어스는 이 세상이 싫증났다.

95    사랑하는 자에게 미움 받고, 처남에게 무시당하고,

노예처럼 구박받고, 결점은 낱낱이 들춰져서

수첩에 기록되어 읽히고 암기되어,

공격의 자료가 되다니. 아, 울어서

눈물과 함께 내 영혼을 쏟아낼 수 있다면! 여기 내 칼이 있고,

여기 내 맨 가슴팍이 있네. 이 속에 재물의 신 플루터스[193]의          100

광맥보다 귀하고 황금보다 더 귀한 심장이 있네.

자네가 로마인이라면, 그 심장을 도려내게.

돈을 거절했으니, 내 심장을 주겠네.

찌르게, 시저를 찔렀듯이. 이제 나는 알았네.

자네가 시저를 가장 증오했던 그때도 나 캐시어스보다는          105

시저를 더 사랑했다는 걸 말일세.

**브루터스**                              칼을 거두게.

화를 내고 싶으면 마음껏 화를 내게. 자네 맘이니까.

마음대로 해보게, 어떤 무례한 짓도 변덕이라 치겠네.

오 캐시어스, 자네는 순한 양[194]을 상대하고 있네.

이 브루터스는 분노해도 부싯돌 불처럼 오래가지 못하네.          110

힘껏 부딪치면, 한순간 불꽃을 튀기지만,

금방 다시 스러지고 마니까.

**캐시어스**                    이 캐시어스가 브루터스의

조롱거리, 웃음거리나 되려고 이제까지 살았단 말인가?

슬픔과 격분으로 이렇게 시달리면서?

---

193. *Plutus*: 르네상스 시대 작가들은 대체로 그리스 신화에 등장하는 부와 재물의 신
    플루터스와 지하세계의 신 플루토(Pluto)를 동일하게 생각했다(*New Cambridge*).
194. *a lamb*: 브루터스를 의미한다.

<sup></sup>115 **브루터스** 감정이 격한 나머지 그만 내 말이 지나쳤네.

**캐시어스** 그 말이 진심인가? 손을 이리 주게.

**브루터스** 내 마음까지도 주겠네.

**캐시어스**                    오 브루터스!

**브루터스**                         왜 그러나?[195]

**캐시어스** 어머니가 물려주신 급한 성미 때문에,

120        내가 이성을 잃었을 때 참고 봐줄 만한

           우정도 없단 말인가?

**브루터스**                물론 있네, 캐시어스. 이제부턴,

           자네가 이 브루터스에게 아무리 심하게 대들어도,

           자네의 어머니께 꾸중 듣는 셈치고, 꾹 참고 있겠네.

**시인** (안에서) 장군님을 만나 뵙게 들여보내 주시오.

125        두 분 사이에 무슨 불화가 있나 보오.

           두 분끼리만 있게 해서는 안 되오.

**루실리어스** (안에서) 들어가면 안 됩니다.

**시인** (안에서) 죽어도 좋으니 들어가야겠소.


           시인 등장. 그의 뒤에 루실리어스, 티티니어스, 루시어스 등장.


**캐시어스** 무슨 일이냐! 왜들 그러느냐?

130 **시인** 창피한줄 아시오, 장군들! 이게 무슨 일이시오?

---

195. *What's the matter?*: "오 브루터스!"라는 캐시어스의 말은 거의 억제할 수 없는 흥
     분상태임을 표현하자, 이에 대한 브루터스의 대답은 지금까지의 조롱조와 달리
     캐시어스의 괴로움에 대한 진정한 동정을 보여준다(Kittredge).

의당 두 분은 우애를 나누고, 화목하셔야 합니다.

두 분보다 확실히 더 연로한 내 말을 들으시오.

**캐시어스** 하, 하! 이 시골뜨기 시인이 엉터리 시를 읊어 대는군!

**브루터스** 썩 물러가시오, 이런 무례한 자 같으니!

**캐시어스** 참게 브루터스, 그게 그 사람 버릇일세. 135

**브루터스** 무례하게 구는 것도 때를 가릴 줄 알아야지.

저런 엉터리 시인이 전쟁과 무슨 상관이 있나?

물러가라지 않았소!

**캐시어스** 어서, 어서, 물러가시오! (시인 퇴장)

**브루터스** 루실리어스, 티티니어스, 지휘관들에게 전하라.

오늘밤 야영할 준비를 하도록. 140

**캐시어스** 그리고 돌아오는 길에 메살라를 데리고

즉시 오도록 하라. (루실리어스와 티티니어스 퇴장)

**브루터스** 루시어스, 술 한 잔 가져 오너라! (루시어스 퇴장)

**캐시어스** 자네가 그렇게 화를 낼 줄은 정말 몰랐네.

**브루터스** 오 캐시어스, 나는 엄청난 슬픔으로 가슴이 미어지네.

**캐시어스** 자네의 철학도 소용이 없나보군. 145

하찮은 불행에 굴복하다니.

**브루터스** 슬픔을 나보다 더 잘 참아낼 사람도 없다네. 아내가 죽었다네.

**캐시어스** 아니? 포샤가?

**브루터스** 죽었다네.

**캐시어스** 내 어찌 죽음을 면했나? 자네에게 그렇게 대들었는데? 150

오 견딜 수 없이 비통한 불행일세!

대체 무슨 병으로 죽었나?

**브루터스**　　　　　　　　나와 떨어져 있는 걸 참기 힘들었던 데다,

애송이 옥타비우스와 앤토니의 세력이

강해지는 걸 몹시 걱정했던 모양일세. 자결했다는 소식과 함께

정신착란을 일으킨 아내가—

하인들이 없는 틈에 불을 삼켰다는 소식이 왔네.

**캐시어스**　그런 식으로 죽다니?

**브루터스**　　　　　　　그러게 말일세.

**캐시어스**　　　　　　　　　오, 맙소사!


　　　　　　　　루시어스, 술과 촛불을 가지고 다시 등장.


**브루터스**　아내 얘긴 그만하세. 술이나 한 잔 주겠나.

이 잔에 모든 불화를 묻어버리세, 캐시어스.

160　**캐시어스**　내 가슴은 그런 고결한 맹세를 무척이나 갈망하고 있네.

술을 가득 붓게, 루시어스, 잔에 흘러넘치도록.

브루터스의 우정이면 아무리 마셔도 부족하지.　　(루시어스 퇴장)


　　　　　　　　티티니어스, 메살라와 함께 다시 등장.


**브루터스**　들어오게, 티티니어스! 어서 오게, 메살라.

자 이 촛불 주위에 둘러앉아,

165　당면한 긴급사태에 대해 논의하세.

**캐시어스**　포샤, 당신은 정녕 세상을 떠났단 말이오?

**브루터스**                                        제발 그만하게, 부탁일세.

　　　메살라, 여기 보고서를 받았는데,

　　　애송이 옥타비우스와 앤토니가

　　　대군을 거느리고 우리를 치러

　　　필리파이를 향해 신속하게 진격해 오고 있다더군.                    170

**메살라** 나도 같은 보고를 받았소.

**브루터스**　그 밖에 덧붙일 내용은?

**메살라** 사형선고 및 공민권 박탈령에 따라,

　　　옥타비우스, 앤토니, 레피더스가

　　　백 명의 원로원 의원들을 사형에 처했다고 하오.                     175

**브루터스**　그 부분은 양쪽의 보고들이 서로 다르군.

　　　내 보고서엔 처형된 원로원 의원들이

　　　70명이라던데, 시세로도 포함된 것으로 되어 있네.

**캐시어스**　시세로까지도?

**메살라**　　　　　　　시세로도 죽었소.

　　　유죄선고를 받아 처형됐소.                                    180

　　　장군, 부인에게서 온 소식은 없소?

**브루터스**　없네, 메살라.

**메살라** 보고서에도 부인 소식이 없었단 말이오?

**브루터스**　없었네, 메살라.

**메살라**　　　　　　　거 참, 이상한 일이로군.

**브루터스**　왜 그걸 묻나? 무슨 소식이라도 들었나?                     185

**메살라** 아니오, 장군.

**브루터스**  자, 자네가 로마인이면, 진실을 말해주게.

**메살라**  그럼 로마인답게 참고 견디셔야 하오.

부인께서 돌아가신 게 분명하오, 그것도 기이하게 말이오.

190 **브루터스**  잘 가시오 포샤. 인간은 어차피 죽기 마련이네, 메살라.

아내도 인간인 이상 언젠가는 죽기 마련이라 생각하면,

포샤의 죽음을 참고 견딜 수 있네.

**메살라**  위대한 인물은 엄청난 불행을 견디는 법이오.

**캐시어스**  철학적 논리로야 자네와 같은 생각이나,

195 인정상 그렇게 참고 견디기란 실로 어렵다네.

**브루터스**  자, 이제 살아 있는 사람들의 문제나 생각하세. 지금 즉시

필리파이로 진격하는 게 어떻겠나?

**캐시어스**  안 좋은 생각일세.

**브루터스**                           그 이유는?

**캐시어스**                                      이유는 이렇다네.

적이 우리를 찾아 나서도록 하는 게 우리에게 좀 더 유리하네.

200 그러면 적들은 물자를 소모하고, 병사들은 지쳐서,

스스로 손해를 입게 되지. 그동안 우리는 가만히 기다리면서

충분히 휴식하고, 방비를 철저히 해서, 민첩하게 움직일 수 있네.

**브루터스**  좋은 전략도 더 좋은 전략이 있으면 양보할 수밖에.

필리파이와 이 고장 사이의 주민들은

205 할 수 없이 우리의 징발에 응했기에,

마지못해 우리 편에 서 있을 뿐이네.

만약 적들이 그 지방을 통과하여 행군하면,

주민들의 호응으로 병력이 크게 증강되고,

새로운 병력이 보강되어 사기도 진작될 걸세.

그러니 이곳 주민들을 우리 배후에 두고,                      210

필리파이에서 적과 대결하면, 우리는 적들이

그런 유리한 고지를 점령하는 걸 막을 수 있을 걸세.

**캐시어스**                                    내 말 좀 들어보게, 처남.

**브루터스** 미안하네.[196] 게다가 명심할 것은

우리는 병력을 최대한 동원했고,

군대는 사기가 넘쳐서, 싸울 시기도 무르익었네.                 215

하지만 적군의 병력은 나날이 늘어나고 있는데,

절정에 달한 우리 병력은 줄어들지 모르네.

인간사에는 때가 있는 법,

밀물을 타게 되면 행운을 붙잡을 수 있지만,

놓치면, 우리들 인생항로는                          220

얕은 여울에 갇혀 불행에 처하게 마련이네.

지금 우린 만조의 바다 위에 떠있는 셈이니,

---

196. *Under your pardon*: 3막 1장 235행의 "미안하네만"(By your pardon)으로 시작하
는 대사에서 브루터스는 캐시어스의 더 나은 판단에 반대하여 시저의 장례식에서
앤토니에게 추도사를 허락한 적이 있다. 2막 1장 162행에서도 브루터스는 시저
와 앤토니를 둘 다 해치우자는 캐시어스의 의견을 거부함으로써 음모자들 일당은
심각한 결과를 초래하게 된다. 5막 1장 74~76행에서 캐시어스는 지금의 결정에
대한 책임을 거부하는데, 이 구절은 플루타르크에 근거한 것 ─ 그에 의하면 "캐시
어스는 그들이 군비 면에서는 우위이나 병력과 무장 면에서는 열세임을 고려하여
이 전쟁을 한 판의 전투에 거는 대신 시간을 끌고 지구전을 벌이자는 견해였다"
─이다(*New Cambridge*).

지금 이렇게 유리한 이 흐름을 놓치면,

우리의 모험은 물거품이 되고 말걸세.

**캐시어스**　　　　　　　　그러면 자네 뜻대로 하세.

225　　우리도 진격해서 필리파이에서 적들을 맞아 싸우기로 하세.

**브루터스**　얘기하다 보니 어느덧 밤이 꽤나 깊었네.

인간의 몸은 자연의 요구에 순종할 수밖에.

눈을 붙이고 잠시 쉬도록 하세.

그 밖에 더 할 말이 있나?

**캐시어스**　　　　　　없네. 그럼 편히 쉬게.

230　　내일 아침 일찍 일어나 출발하세.

**브루터스**　루시어스!


루시어스 다시 등장.


잠옷을 가져오게.　　　　　　　　(루시어스 퇴장)

　　　　　　잘 가게, 메살라.

잘 자게, 티타니어스. 고결한 캐시어스,

편히 자고, 푹 쉬게.

**캐시어스**　　　　오 친애하는 처남,

오늘 밤은 시작이 언짢았으나,

235　　우리 둘 사이에 다시는 그런 불화가 없기를 바라네!

다시는 없도록 하세, 브루터스.

**브루터스**　　　　　만사 다 잘될 걸세.

**캐시어스**　편히 쉬게, 처남.

**브루터스**                    편히 쉬게, 매제.

**티티니. 메살.** 편히 쉬시오, 장군.

**브루터스**                 다들 편히 쉬게.

(브루터스만 남고 모두 퇴장)


루시어스, 잠옷을 가지고 다시 등장.


잠옷을 이리 주게. 네 악기는 어디 있느냐?

**루시어스** 여기 막사 안에 있습니다.

**브루터스**                      아니, 몹시 졸리는 목소리로군?    240

가엾은 놈, 꾸짖는 게 아니다. 과로했나 보구나.

클로디어스와 부하 몇 명을 더 불러다오.

내 막사 안 담요 위에서 자도록 해줘야겠다.

**루시어스** 바로, 클로디어스!


바로와 클로디어스 등장.


**바로** 부르셨습니까, 장군?    245

**브루터스** 여기 내 막사 안에서 자도록 해라.

어쩌면 곧 깨울지도 모르겠다.

매제인 캐시어스에게 보낼 일 때문에 말이다.

**바로** 기꺼이 불침번을 서겠습니다.

**브루터스** 그럴 필요까진 없다. 다들 누워 자도록 해라.    250

내 생각이 바뀔 지도 모르겠다.

아니, 루시어스, 내가 그토록 찾던 책이 여기 있구나.

내 잠옷 주머니에 넣어 두었나 보다.   (바로와 클로디어스, 눕는다)

**루시어스**   저도 분명 받은 기억이 없습니다.

255 **브루터스**   미안하다, 루시어스. 내가 건망증이 심해졌다.

무거운 눈꺼풀을 잠시 참고,

악기로 한두 곡 연주해 주겠느냐?

**루시어스**   예, 원하신다면 그리 하겠습니다.

**브루터스**                     그래다오, 얘야.

네게 너무 수고를 끼치지만, 넌 내 말을 잘도 들어 주는구나.

260 **루시어스**   제 의무니까요, 장군님.

**브루터스**   그래도 힘이 벅찰 정도로 강요해선 안 되겠지.

혈기가 왕성할 땐 휴식이 필요한 법이다.

**루시어스**   벌써 한숨 자 뒀습니다, 장군님.

**브루터스**   잘했다. 그래도 더 자도록 해주겠다.

265   너를 오래 붙들진 않겠다. 살아남는다면,

너에게 잘해주마.                          (음악과 노래)

자장가 같은 곡이구나. (독백) 오 의식을 앗아가는 잠이여!

그대는 음악을 연주하는 이 아이에게

납처럼 무거운 몽둥이[197]를 대느냐? 착한 녀석, 잘 자거라.

---

197. *leaden mace*: 경관이나 보안관이 들고 다니다 체포하려는 자의 어깨에 대는 몽둥이 혹은 곤봉을 가리킨다. 잠의 신 모르페우스(Morpheus)는 잠을 부르는 지팡이를 지니고 다녔다. "납"은 잠의 둔중함을 시사한다. 이 장면은 음악을 방해하는 졸음과 밤의 신비한 분위기로 채워지면서 시저의 유령의 등장을 예비한다(*New Cambridge*).

네 잠을 깨우는 그런 못된 짓은 하지 않겠다.                    270

그렇게 졸다간 악기를 부수겠다.

악기를 치워줄 테니, 착한 녀석, 잘 자라.

그런데 어디 보자. 읽다가 그만 둔 데를 접어둔 것

같은데 어디였냐? 아마 여긴가 보군.


                      시저의 유령 등장.


촛불이 왜 이리 시원치 않게 탈까! 하! 거기 누구냐?          275

내 시력이 약해서 그런지

이런 기이한 허깨비 모습이 보이다니.

내게 다가오는군. 대체 넌 뭐냐?

쳐다만 봐도 피가 얼어붙고 머리칼이 곤두서니,

넌 대체 신이냐, 천사냐, 아니면 악마냐?                    280

정체를 밝혀라.

**유령**   널 저주하는 악령이다, 브루터스.

**브루터스**                         왜 왔느냐?

**유령**   필리파이에서 날 만나리란 걸 알리러 왔다.

**브루터스**  그렇다면 거기서 너를 다시 만나게 되느냐?

**유령**   그렇다, 필리파이에서.                          285

**브루터스**  그렇다면 필리파이에서 다시 만나자.      (유령 퇴장)

용기를 내니 이제 사라져 버리는군.

악령아, 너에게 할 말이 더 있다.

얘, 루시어스! 바로! 클로디어스! 모두들 일어나라!

290 　　　클로디어스!

**루시어스**　악기가 조율이 잘 안 되어 있습니다, 장군님.

**브루터스**　아직도 연주하고 있는 줄 아는 모양이군.

　　　　　루시어스, 정신 차려라!

**루시어스**　장군님?

295 **브루터스**　꿈을 꿨나보구나, 루시어스, 그렇게 소리를 지르느냐?

**루시어스**　소리를 지르지 않았습니다.

**브루터스**　아니, 소리를 질렀다. 뭔가를 보았느냐?

**루시어스**　아무것도 못 봤습니다.

**브루터스**　다시 더 자거라, 루시어스. 여봐라, 클로디어스!

300 　　　(바로에게) 너도 일어나!

**바로**　무슨 일입니까?

**클로디어스**　무슨 일입니까?

**브루터스**　잠결에 왜 그렇게 큰 소리를 질렀느냐?

**바로. 클로.**　소리를 질렀다고요?

**브루터스**　　　　　　　　그렇다, 무언가 보았느냐?

**바로**　아니요, 아무것도 못 봤습니다.

305 **클로디어스**　　　　　　　　저도 못 봤습니다.

**브루터스**　내 매제 캐시어스에게 가서 전해라.

　　　　　아침 일찍 군대를 이끌고 먼저 떠나라고.

　　　　　우리도 뒤따를 것이라고.

**바로. 클로.**　　　　　　　명령대로 전하겠습니다, 장군.　　(퇴장)

5막

# 1장

**필리파이의 평원.**

옥타비우스, 앤토니, 군대를 거느리고 등장.

**옥타비우스** 자, 앤토니, 우리가 바라는 대로 되어가고 있소.
적군은 절대 내려오지 않고,
언덕과 고지대를 지킬 것이라고 했으나,
그렇지 않다는 게 드러났소. 그들의 군대가 눈앞에 당도했소.
5    이곳 필리파이에서 우리와 싸울 작정인 것 같소.
우리가 파놓은 함정에 제 발로 걸어 들어온 셈이오.

**앤토니** 체, 나는 그자들 속셈을 훤히 알고 있고,
무엇 때문에 그러는지도 알고 있소. 가능하면 다른 곳에서
싸우고 싶었겠지. 그런데도 일부러 용감한 척하고
10    내려온 것은, 이렇게 허세로
자신들이 용감한 듯이 우리에게 보이려는 수작이나,
사실은 그렇지가 않지.

전령 등장.

**전령** 장군님들, 전투태세를 갖추십시오.
적들이 쳐들어오고 있습니다.

전투 개시를 알리는 붉은 깃발이 내걸려 있으니,

즉각 조치를 취해야 합니다.                                                15

**앤토니** 옥타비우스, 휘하 부대를 이끌고,

저 평원 좌측으로 서서히 진격하시오.

**옥타비우스** 내가 우측을 맡을 테니, 장군이 좌측을 맡으시오.

**앤토니** 이런 긴박한 상황에서 왜 내게 반대하는 건가?

**옥타비우스** 반대하는 게 아니라 단지 그렇게 하겠다는 것뿐이오. (행군한다)  20


북소리. 브루터스, 캐시어스, 군대를 이끌고 등장.

루실리어스, 티티니어스, 메살라, 그 밖의 사람들 등장.


**브루터스** 저들이 정지했군, 담판을 하자고 하는 모양이오.

**캐시어스** 여기 꼭 있게, 티티니어스. 우리가 나가서 담판해 보겠네.

**옥타비우스** 앤토니 장군, 전투개시 신호를 보낼까요?

**앤토니** 아니, 옥타비우스, 저들이 공격하면 응전합시다.

가 봅시다. 적장들이 할 말이 있나보군.                                       25

**옥타비우스** 신호하기 전에는 꼼짝하지 말라.

**브루터스** 싸우기 전에 한마디 하겠다, 이건가?

**옥타비우스** 우리는 당신들처럼 말하기를 좋아하지 않소.

**브루터스** 좋은 말은 서툰 칼질보단 낫다네, 옥타비우스.

**앤토니** 자네는 못된 칼질을 하면서도, 말만은 그럴듯하게 하지.            30

"만세, 시저 만세"를 외치면서

시저의 가슴에 칼을 꽂은 게 그 증걸세.

**캐시어스**                                              앤토니,

자네의 칼솜씨는 아직 모르겠으나,

말솜씨로 미루건대, 하이블라[198] 꿀벌도 꿀을 몽땅 빼앗겨서

꿀 없는 벌이 되고 말겠군.

35 **앤토니**                              벌침도 다 빼앗겼지.

**브루터스** 오, 그렇지, 날개 소리도 빼앗겼지,

벌들의 윙윙거리는 소리마저 훔쳐내서, 앤토니,

그래서 쏘기 전에 위협도 잘하는군.

**앤토니** 악당들, 네놈들은 찌르기 전에 위협조차 하지 않았다. 너희들의

40 비겁한 칼로 시저의 옆구리를 난도질하면서도 말이다.

네놈들은 원숭이처럼 이빨을 드러내고, 사냥개처럼 꼬리치고,

노예처럼 엎드려 시저의 발에다 입 맞췄지.

그러는 사이 저주받을 캐스카가, 들개처럼, 등 뒤에서

시저의 목을 찔렀다. 오, 이 아첨꾼들아!

45 **캐시어스** 아첨꾼이라고! 브루터스, 자네 탓일세.

그때 이 캐시어스의 말을 귀담아 들었다면,

저 혀가 오늘 이런 악담을 퍼붓지 못했을 걸세.

**옥타비우스** 자, 자, 본론으로 들어갑시다. 입씨름으로 땀을 빼면,

전투로 승부할 땐 시뻘건 핏방울로 바뀌겠군.

50 봐라,

---

198. *Hybla*: 시실리(Sicily) 섬에 있는 마을과 산 이름. 벌꿀의 품질이 좋기로 유명하다. 캐시어스의 언급은 시저가 살해당한 뒤 장례식 때 앤토니가 암살자들 편에 선 것처럼 우정을 공표한 데 대해 히블라의 꿀에 비유하여 조소한 것인 반면, 앤토니의 대답은 그 때 자신의 웅변과 그 결과에 대한 언급이다(*Arden*).

나는 반역자들에게 칼을 뽑았다.

이 칼이 다시 칼집에 들어갈 때는 언제겠는가?

결코 없을 것이다. 시저의 서른 세군데 상처[199]마다

모조리 복수하거나, 아니면 또 다른 시저가

반역자의 칼에 또 하나의 제물이 되지 않는 한 말이다.          55

**브루터스**  옥타비우스 시저, 자네는 반역자의 손에 죽지는 않을 것이다.

자네가 반역자들을 데리고 다니지 않는 한.

**옥타비우스**                    나도 그러길 바란다.

브루터스의 칼에 죽으려고 태어난 건 아니니까.

**브루터스**  오, 자네가 시저 가문[200] 중에 아무리 고결하다 해도,

내 칼에 죽는 것보다 더 이상의 명예는 없을 것이다.          60

**캐시어스**  안달하는 애송이에게 그런 명예는 과분할 거다.

가면 놀이나 즐기는 술주정뱅이 놈과 한패가 되다니!

**앤토니**  캐시어스, 옛날 그대로군!

**옥타비우스**                    앤토니, 갑시다!

반역자들, 네놈들에게 정면으로 도전한다.

오늘 감히 싸울 용기가 있거든, 싸움터로 나와라.          65

없거든, 배짱이 생기거든 나와라.

(옥타비어스, 앤토니, 그들의 군대 퇴장)

**캐시어스**  자, 바람아 불어라, 파도야 솟아라, 배는 나아가라!

폭풍이 일었으니, 모든 게 운명에 달려 있다.

---

199. *three and thirty wounds*: 23군데라는 기록(Suetonius)이 있다(3.1.77의 각주 참조).

200. *strain*: 혈통, 가문(blood, family)

**브루터스** 루실리어스! 할 말이 있네.

**루실리어스** (앞으로 나오며)                 장군?

           (브루터스와 루실리어스, 저만큼 떨어져서 말한다)

**캐시어스** 메살라!

**메살라** (앞으로 나오며) 무슨 일이오, 장군?

70  **캐시어스**                    메살라,

      오늘이 내 생일이네. 바로 오늘 이 캐시어스가

      태어난 걸세. 손을 주게, 메살라.

      내 증인이 되어주게. 난 본의 아니게

      저 폼페이가 그랬듯이, 우리 모든 로마인의 자유를

75      이 한판의 전투에 걸 수밖에 없게 되었네.

      자네도 알다시피, 나는 에피큐러스와 그의 견해[201]를

      굳게 믿었지만, 이제는 생각을 바꿔,

      어느 정도는 전조가 있다는 걸 믿게 되었네.

      사르디스에서 오는 길, 거대한 독수리 두 마리가

80      선두의 깃발에 내려앉아,

      병사들 손에서 먹이를 게걸스럽게 받아먹고,

      이곳 필리파이까지 우리를 따라 왔네.

      그런데 오늘 아침, 그것들이 날아가 버리고,

      그 대신 까마귀, 갈까마귀, 솔개들이 우리 머리 위를 맴돌며

---

201. *Epicurus . . . his opinion*: 에피큐러스(B.C. 341~270)는 그리스 철학자. 그는 신들
    이 인간사에 무관심하며, 따라서 신들이 미래에 대해 어떤 전조나 예언을 함으로
    써 인간사에 개입한다는 생각을 어리석은 미신으로 간주하였다(*Arden*).

마치 우리가 병든 먹잇감이나 되는 것처럼                          85

우리를 내려다보았네. 그것들의 날개 그림자는

죽음의 장막 같았고, 우리 군대는 그 밑에 누워,

마치 죽어가고 있는 것 같았네.

**메살라** 그런 생각 마시지요.

**캐시어스**                          완전히 다 믿는 건 아닐세.

나는 아직 원기왕성하고 어떤 위험도                          90

단호히 맞설 각오가 되어 있으니까.

**브루터스** 정말 그렇군, 루실리어스.                          (캐시어스에게 다가온다.)

**캐시어스**                          자, 고결한 브루터스,

오늘 신의 가호가 있어서, 평화로운 시절이 오면

친구로서 우리 함께 여생을 보내게 되길 비네!

하지만 사람 일이란 항상 불확실하기 마련이니,                          95

일어날 수 있는 최악의 경우를 고려하세.

만약 이번 전투에서 패한다면, 그때는 이것이

우리가 함께 이야기를 나누는 마지막이 될 걸세.

그렇게 되면 자네는 어떻게 할 작정인가?

**브루터스** 스스로 목숨을 끊었다고 케이토[202]를 비난했던                          100

바로 그 철학에[203] 비추어,

---

202. Cato: 케이토는 끝까지 폼페이 편을 들다가 시저의 손에 잡히지 않으려고 자결했
다(B.C.46).

203. *the rule of that philosophy*: 스토아 학파는 자살을 "비겁하고 비열한 짓"으로 간주
했다. 따라서 많은 편집자들은 여기에서 브루터스가 한 말과 5막 5장에서의 자살
을 모순이라고 지적한다. 그러나 셰익스피어는 포로로 잡혀 수치를 당할 가능성

왜 그랬는지 모르나,

앞으로 일어지 모르는 재앙이 두려워,

미리 목숨을 끊는 것은 비겁하고 비열한 짓이라고

105　　생각하네. 나는 인내로 무장하고

이 땅 위에 사는 우리들을 지배하는

저 높은 신이 정해놓은 운명을 기다릴 뿐일세.

**캐시어스**　　　　　　　　　　　　　　　그러면 만약

이번 전투에서 패한다면, 포로가 되어 개선 행렬에 끼어

110　　로마 거리를 끌려 다녀도 좋단 말인가?

**브루터스**　아니, 캐시어스, 아닐세. 자네는 고결한 로마인이니,

브루터스가 묶인 채 로마로 끌려가리라고는 생각 말게.

그러기엔 너무도 고결한 정신을 갖고 있네. 하지만 오늘은

3월 보름에 시작한 거사를 끝내야만 하는 날일세.

115　　우리가 언제 다시 만나게 될지는 나도 모르겠네.

그러니 미리 마지막 작별인사를 해두세.

영원히, 영원히 잘 있게, 캐시어스!

우리가 다시 만날 땐, 웃으며 기쁨을 나누겠지만,

다시 만날 수 없다면, 이렇게 작별인사를 해두는 게 잘한 일이겠지.

120　**캐시어스**　영원히, 영원히 잘 있게,[204] 브루터스!

우리 다시 만날 땐, 정말 즐겁게 웃겠지만,

---

에 대하여 브루터스의 철학적 견해와 무인정신이 서로 갈등을 일으키고 있음을
보여주고자 한 것으로 보인다(*New Cambridge*).

204. *For ever . . . farewell*: 같은 구절의 반복은 작별을 엄숙한 의식으로 만든다(EL).

그럴 수 없다면, 이렇게 작별인사를 해두는 게 정말 잘한 일이 될

걸세.

**브루터스**  자, 그럼, 앞서 가게. 오늘 전투의 결과를

우리가 미리 알 수 있다면 좋으련만!

하지만 오늘 하루도 곧 끝날 테고,                                       125

그러면 그 결과도 알게 되겠지. 자! 진군!                        (퇴장)

# 2장

**같은 장소. 전쟁터.**

나팔 소리. 브루터스와 메살라 등장.

**브루터스**  달려라, 달려, 메살라, 말을 타고 달려가 이 명령서를
　　　　저편에 주둔 중인 부대에 전하게.　　　(요란한 공격 나팔 소리)
　　　　즉시 공격하라고 하게. 옥타비우스의 군대가
　　　　사기를 잃은 것 같네.
5　　　　저들을 급습하면 모조리 쳐부술 수 있으니
　　　　어서 달려가 전군이 총공격하라고 전하게.　　　(퇴장)

# 3장

전쟁터의 다른 곳

나팔 소리. 캐시어스와 티티니어스 등장.

**캐시어스** 저걸 보게, 티티니어스, 저놈들이 도망치는 모습을!

내가 도망치는 아군의 적이 되었네.

내 기수가 등을 보이고 도망치려 해서,

그 비겁한 놈을 베고, 깃발을 빼앗았네.

**티티니어스** 오 캐시어스, 브루터스가 너무 성급하게 명령했소.  5

옥타비우스보다 조금 우세하다고 판단해서,

너무 성급하게 명령을 내렸소. 브루터스의 병사들이 약탈하는 동안

우린 앤토니에게 완전히 포위되고 말았소.

핀다러스 등장.

**핀다러스** 어서 멀리 피하소서, 나리, 어서 더 멀리요.

앤토니가 장군의 막사를 덮쳤사옵니다.  10

그러니 어서 피하소서, 장군, 더 멀리 피하소서.

**캐시어스** 이 언덕이면 충분하다. 저것 보게, 티티니어스,

저기 보이는 저 불타고 있는 게 내 막사 아닌가?

**티티니어스** 그렇소, 장군.

**캐시어스**      티티니어스, 자네가 날 위한다면,

15      내 말에 올라타 박차를 가해

저기 저 군대가 있는 곳까지 달려갔다

다시 돌아와 주게. 저 군대가 아군인지

적군인지 확인해야 안심할 수 있겠네.

**티티니어스**  단숨에 다녀오겠소.                    (퇴장)

20  **캐시어스**  핀다러스, 언덕 위 좀 더 높은 곳으로 올라가 봐라.

눈이 침침해서 그러니 티티니어스를 잘 지켜보고,

전투상황도 알려다오.

                                        (핀다러스, 언덕을 올라간다)

오늘은 바로 내가 세상 공기를 처음 마신 날. 시간이 돌고 돌아,

내 삶을 시작한 날에, 내 삶을 마치게 되는가보군.

25      내 삶이 완전히 한 바퀴를 돌았구나. 이봐라, 어떻게 됐느냐?

**핀다러스**  (위에서) 오, 나리!

**캐시어스**  어떻게 되었느냐?

**핀다러스**  (위에서) 기마병이 티티니어스님을 포위하고

박차를 가하여 달려들고 있습니다.

30      그분도 박차를 가하고 있지만 이제 곧 적에게 잡힐 것 같습니다.

오, 티티니어스 장군! 몇 명이 말에서 내립니다. 오,

그분이 잡히셨사옵니다. (환호성)

                    들어보세요! 저놈들이 환호성을 지르옵니다.

**캐시어스**  내려오너라, 더 이상 볼 것도 없다.

오, 비겁한 자 같으니, 이렇게 목숨이 붙어 있어,

친한 친구가 눈앞에서 생포되는 것을 보다니!

핀다러스 내려온다.

이리 오너라.

나는 파르티아[205]에서 너를 포로로 잡았다.

그 때 난 네게 맹세를 시켰다. 네 목숨을 구해줬으니,

너는 내 명령에 무엇이든 복종하겠다고.

자, 이제, 그 맹세를 지켜라.

이제 너는 자유의 몸이다. 시저의 내장을

꿰뚫은 이 칼로, 내 심장을 찔러라.

지체하지 말고. 자, 이 칼자루를 잡아라.

지금, 내가 이렇게 얼굴을 가리면, 바로 그 순간

칼로 찔러라ー. (핀다러스 그를 찌른다.)

시저, 당신은 복수를 했소.

당신을 살해한 바로 그 칼로 복수를 했소.          (죽는다)

**핀다러스** 자, 이제 나는 자유의 몸. 내 맘대로 할 수만 있었다면,

이렇게까지 하고 싶진 않았는데, 오 캐시어스 장군,

---

205. *Parthia*: 파르티아 왕국은 카스피 해의 남동부 지역이 본거지였으나, 차츰 북동부
이란으로 영토를 확장하면서 대제국으로 발전했다. 파르티아와 중국 사이의 교역
도로는 후에 실크로드로 발전했다. 서아시아 지역을 두고 로마와 경쟁했으나,
B.C. 92년에 로마 장군 술라(Sulla)와 우호협정을 맺었다. 그러나 서아시아에 대
한 주도권 다툼은 그 후에도 한동안 계속되었다. "캐시어스는 B.C. 53년에 파르
티아에 대한 원정에서 크랏서스 장군 휘하 사령관으로 참전했으며 카레(Carrhae)
전투에서 핀다러스를 생포했다"(Mark Hunter, *New Cambridge* 재인용).

핀다러스는 이 나라에서 멀리 달아나,

50  로마인이 결코 찾아내지 못할 먼 곳으로 가겠습니다.          (퇴장)


티티니어스와 메살라 다시 등장.


**메살라** 피장파장인 셈이군, 티티니어스. 옥타비우스는

브루터스의 군대에 패했지만,

캐시어스의 군대는 앤토니에게 패했으니.

**티티니어스** 이 소식을 캐시어스 장군이 들으면 큰 위안이 될 텐데.

**메살라** 장군과 어디서 헤어졌나?

55  **티티니어스**                온통 낙담해서,

하인 핀다러스와 함께, 이 언덕에 계셨네만.

**메살라** 저기 땅바닥에 누워 있는 게 그분 아닌가?

**티티니어스** 살아 있는 사람 모습 같진 않은데. 오, 이럴 수가!

**메살라** 캐시어스 장군이 아닌가?

**티티니어스**                아닐세, 예전엔 그분이었네만, 메살라,

60  이제는 더 이상 캐시어스가 아닐세. 오 저무는 태양이여!

붉은 노을 속에 하루가 저물어 밤으로 가라앉듯,

저 붉은 피 속에 캐시어스의 일생도 저물고 말았구나.

로마의 태양이 져버렸군. 우리의 시절도 지나갔네.

구름아, 이슬아, 위험아 오너라. 우리가 할 일은 이제 끝났다!

65  내게 맡긴 임무의 결과를 두려워해 이렇게 하시다니.[206]

---

206. *Mistrust of . . . this deed*: 내 임무의 결과에 대한 두려움 때문에 이러한 일을 저질
렀구나(fear of the outcome of my mission is responsible for this action)(2,2,6 참

**메살라** 좋은 결과를 못 믿고 이렇게 하시다니.

오 가증스런 오해여, 우울증의 자식이여,

어째서 너는 여린 인간의 마음에

사실이 아닌 것을 보여주느냐? 오해여, 쉽사리 사람의 마음에

잉태되어 행복하게 태어나지만,                          70

널 낳아준 어미를 살해하고야 말다니!

**티티니어스** 핀다러스! 어디 있느냐, 핀다러스?

**메살라** 찾아보시오, 티티니어스, 그동안 나는

브루터스를 찾아가서, 이 소식으로

그의 귀를 뚫어 놓겠소. 뚫어 놓다마다.          75

예리한 칼날이나 독 묻은 투창도

비참한 이 광경을 전하는 소식에 비하면

브루터스의 귀에는 아무것도 아닐 거요.

**티티니어스**                                    어서 가게, 메살라,

그동안 나는 핀다러스를 찾아보겠네.            (메살라 퇴장)

어째서 그대는 적진으로 나를 보냈소, 캐시어스?          80

나는 적이 아니라 아군을 만났고, 그들은 내 머리에

승리의 월계관을 씌워주면서, 이걸 장군께

갖다 드리라고 했던 거요. 그들의 환호성을 못 들었소?

아, 장군은 모든 걸 오해했소!²⁰⁷

---

조)(*Arden*).

207. *Alas, thou . . . thing!*: 티티니어스의 대사는 캐시어스의 치명적 결점을 요약하고
있다(*Riverside*).

85      하지만 받으시오, 이 월계관을 이마에 쓰시오.

        브루터스 장군께서 이걸 당신께 드리라 했으니,

        명령대로 따르는 거요. 브루터스, 어서 와서,

        내가 캐시어스 장군을 얼마나 존경했나 보시오.

        용서하소서, 신이여―이것이 로마인이 마땅히 취할 길이오.²⁰⁸

90      자, 캐시어스의 칼이여, 티티니어스의 심장을 찾아라.²⁰⁹

                                                        (자살한다)


        공격 나팔 소리. 메살라, 브루터스, 케이토 2세, 스트라토,
        볼럼너스 및 루실리어스 등장.

**브루터스**  어디요 메살라, 캐시어스의 시신이 있는 곳이 어디요?

**메살라**  저기 있소. 티티니어스가 애도하고 있소.

**브루터스**  티티니어스의 얼굴이 하늘을 보고 있군.

**케이토**                          그도 자살하였소.

**브루터스**  오 줄리어스 시저, 그대의 위력은 아직도 막강하군!

95      그대의 혼백이 이 땅 위를 떠돌며, 우리들의 칼로

        우리 자신의 심장을 찌르게 하다니.          (낮은 나팔 소리)

**케이토**                          용감한 티티니어스!

        보시오, 죽은 캐시어스 장군께 월계관을 씌워 놓았소!

---

208. *a Roman's part*: 로마인에게 마땅히 기대되는 행위 또는 로마인이 응당 취할 행위.

209. *Did I not . . . Titinius' heart*: (81-90행). "티티니어스는 승리의 월계관을 쓰고 .
. . 캐시어스에게 급히 달려왔다. 그러나 오해한 캐시어스가 고통으로 죽어가며
비명을 지르고 눈물을 흘리는 모습을 보자, 그는 칼을 뽑아 자신이 지체된 데 대
해 자신을 저주하며 그 자리에서 자살하였다"(Plutarch, *New Cambridge* 재인용).

**브루터스** 이 두 사람 같은 로마인이 다시 또 태어날 수 있을까?

최후의 로마인이여, 고이 잠드시오!

로마는 그대와 같은 인물을 다시는                                    100

낳지 못할 것이다. 동지들, 내가 흘리는 이 눈물로

죽은 자들에게 진 빚을 어찌 다 갚을 수 있겠소.[210]

허나 갚을 때가 올 걸세, 캐시어스, 갚을 때가 올 걸세.

자, 여러분, 이 시신을 타소스[211]로 모십시다.

우리 진영에서 장례식을 치를 수는 없소.                            105

병사들의 사기가 떨어지면 안 되니. 루실리어스, 가세.

그리고 케이토 2세, 우리도 전쟁터로 가세.

레이비오와 플라비어스, 병력을 출동시켜라.

지금은 세 시다. 로마인 여러분, 밤이 되기 전에

한 번 더 싸워서[212] 우리의 운명을 시험해 봅시다.        (퇴장)   110

---

210. *I owe . . . me pay*: 혹은 직역하면 "내가 흘리는 눈물이 죽은 자를 애도하기 위해
　　서는/ 보다 더 많은 눈물의 빚을 지고 있소"(역자 주).

211. *Thasos*: 필리파이 근처 트레이스(Thrace) 해안에서 조금 떨어져 있는, 에게해 북쪽
　　에 위치한 섬 이름(*New Cambridge*).

212. *a second fight*: 원래 필리파이에서의 두 번째 전투는 첫 번째 전투가 있은 지 20일
　　뒤에 있었다(*Riverside*).

# 4장

## 전쟁터의 다른 부분.[213]

공격 나팔 소리. 양측 병사들이 싸우면서 등장.
이어서 브루터스, 메살라, 케이토 2세, 루실리어스,
플라비어스, (레이비오) 및 그 밖의 병사들 등장.

**브루터스** 아직은, 여러분, 오, 아직은 굴복하지 말고 용기를 냅시다!

(반격하며 퇴장, 이어서 메살라와 플라비우스, 레이비오 퇴장)

**케이토 2세** 어떤 비열한 자가 굴복하느냐? 나를 따를 자는 없느냐?

이 전쟁터에서 내 이름을 떨칠 것이다.

나는 마커스 케이토의 아들이다!

폭군에겐 적이요, 조국에겐 벗이다.

나는 마커스 케이토의 아들이다, 알겠느냐!

병사들, 등장하여 싸운다.

**루실리어스**[214] (그에게 합세한다.) 그리고 난 브루터스, 마커스 브루터스다.

---

213. 이 짤막한 전투 장면은 최후의 패배의 전주곡에 해당한다. 무대에서의 전투는 가
능한 활력 있고 잔인하다. 케이토의 죽음과 루실리어스의 생포는 브루터스의 마지
막 패배를 시사한다. 죽음은 명예로운 것으로 여겨지며, 루실리어스는 브루터스
대신 기꺼이 죽고자 함으로써 그에 대한 헌신을 보여준다. 브루터스의 퇴장과 등
장 사이는 싸움으로 채워지며, 브루터스의 군대는 점차 지켜가는 모습이다(EL).

조국의 벗 브루터스다. 알아둬라, 내가 바로 브루터스다!

(케이토 2세가 살해당한다)

오 젊고 고결한 케이토, 그대도 쓰러지는가?

자, 지금 그대는 티티니어스 못지않게 용감하게 죽었다.    10

케이토의 아들답게 그 명예가 영원히 빛나리다.


루실리어스, 두 명의 적병과 싸우다가 형세가 불리해진다.


**병사 1** 항복하라, 안하면 죽이겠다.

**루실리어스**                    죽여주면 항복하겠다.

당장 죽여다오. 그만한 가치는 충분히 있는 사람이다. (돈을 주며)[215]

브루터스를 죽이고 공을 세워라.

**병사 1** 안될 말이다. 굉장한 포로다!    15

**병사 2** 비켜라! 앤토니 장군께, 브루터스를 잡았다고 보고하세.

**병사 1** 내가 보고하겠네. 마침 장군께서 오시는군.


앤토니 등장.


브루터스를 잡았습니다, 브루터스를 잡았습니다, 장군님.

---

214. 대부분의 편집자들은 루실리어스가 브루터스를 보호하기 위해 브루터스의 역할
을 대신 맡아하고 있다는 데 동의한다(*New Cambridge*).

215. [Offering money.]: 대부분 핸머(Hanmer)의 무대지시 – "돈을 준다" – 에 따르지
만, 몇몇 학자들은 루실리어스의 대사를 "다음 행에서 자신이 브루터스라는 사실
의 선언"을 가리키는 것으로 간주한다(Evans, *New Cambridge* 재인용). 19-20행에
서의 앤토니와 루실리어스의 대화 역시 후자의 견해에 힘을 실어준다(역자 주).

**앤토니** 어디 있느냐?

20 **루실리어스** 무사하실 거다, 앤토니. 브루터스 장군은 무사하고말고.

장담컨대 어떤 적도

고결한 브루터스를 생포하진 못할 거다.

신들이여, 큰 수치를 당하지 않도록 그를 보호해 주소서!

브루터스를 발견했을 땐, 살아 있든 죽어 있든,

25 분명 브루터스다운 모습을 보여줄 것이다.

**앤토니** 이자는 브루터스가 아니다. 하지만, 분명히

브루터스에 못지않은 수확이다.[216]

이자를 정중히 모셔라. 이런 자는 적으로서가 아니라

친구로 삼고 싶다. 가서,

30 브루터스의 생사를 알아 봐라.

나는 옥타비우스의 막사에 있을 테니

전황을 낱낱이 보고하라. (퇴장)

---

216. *prize*: 수확, 노획물, 전리품(booty).

# 5장

**전쟁터의 또 다른 곳.**

브루터스, 다데니어스, 클라이터스, 스트라토, 볼럼니어스 등장.

**브루터스** 자, 살아남은 가련한 동지들, 이 바위에서 쉽시다.

**클라이터스** 스타틸러스가 횃불로 신호를 했습니다. 하지만, 장군,
그가 돌아오진 않았습니다. 붙잡혔거나 살해된 것 같습니다.

**브루터스** 좀 앉게, 클라이터스. 살해라는 말이 적절하군.
지금 그 말이 유행어가 되었네. 귀 좀 빌리세, 클라이터스.    5
(속삭인다)

**클라이터스** 아니, 제가요, 장군? 안됩니다, 절대로 안 됩니다.

**브루터스** 그렇다면 조용! 아무 소리 말게.

**클라이터스**                          차라리 제가 자살하겠습니다.

**브루터스** 귀 좀 빌리세, 다데니어스.                          (속삭인다)

**다데니어스**                    제가 어찌 그런 짓을?

**클라이터스** 오, 다데니어스!

**다데니어스** 오, 클라이터스!                                            10

**클라이터스** 어떤 당치 않은 요구를 장군께서 하시던가?

**다데니어스** 죽여 달라고 하셨네, 클라이터스. 저길 보게, 생각에 잠기셨네.

**클라이터스** 저 고결한 그릇이 이제 비탄으로 가득 차,
두 눈으로 흘러넘치는군.

15 **브루터스** 이리 오게, 볼럼니어스, 한마디만 하겠네.

**볼럼니어스** 무슨 말씀이오, 장군?

**브루터스**                 실은 볼럼니어스,

시저의 유령이 내게 나타났었다네.

밤중에 두 번씩이나. 한 번은 사르디스에서,

또 한 번은 지난 밤, 이곳 필리파이 전선에서.

내가 죽을 때가 온 것 같네.

20 **볼럼니어스**                 그럴 리가 있겠소, 장군?

**브루터스** 아닐세, 틀림없네, 볼럼니어스.

자네도 대세가 어떤지 잘 알잖나, 볼럼니어스.

적들은 우리를 완전히 궁지로 몰아넣었네. (멀리서 공격나팔 소리)

적들이 밀어 닥치길 기다리느니,

25 스스로 죽음으로 뛰어드는 게 더 명예로울 걸세.

자네는 우리가 함께 지냈던 학창시절을 기억하겠지.

그 옛날의 우정에 두고 부탁하네, 제발

내 칼자루를 붙잡고 있어 주게, 내가 칼에 뛰어들 테니.

**볼럼니어스** 친구로서 도저히 할 짓이 아니오, 장군. (공격나팔 소리 계속.)

30 **클라이터스** 어서 피하시오, 장군. 여기서 머뭇거릴 때가 아닙니다.

**브루터스** 자네와 작별일세. 그리고 자네도. 볼럼니어스, 자네와도.

스트라토, 지금까지 줄곧 잠들어 있구나.

스토라토, 너와도 작별이다. 동지들,

내 마음은 한없이 기쁘오. 내 생전에

35 날 배반한 친구는 한 사람도 없었으니.

이 패전의 날에도 나는 옥타비우스와 앤토니가

더러운 승리로 얻는 것보다

더 큰 영예를 얻을 것이오.

그럼 이제 모두에게 작별인사를 하겠소. 이로써 브루터스는

자기 생애에 대한 이야기를 다 마쳤소.                                    40

나의 눈에 밤이 깃들고, 이 순간을 맞이하기 위해 애써온

내 뼈도 안식을 원하고 있소.

(나팔 소리. 안에서 "도망쳐라, 도망쳐, 도망쳐!"라는 외침이 들린다.)

**클라이터스**   피하시오, 장군, 어서 피하시오.

**브루터스**                                           어서 가라! 뒤따르겠다.

(클라이터스, 다데니어스, 볼럼니어스 퇴장.)

부탁이니, 스트라토, 내 곁에 있어다오.

넌 평판이 좋은 사람이다.

네 생애는 명예로운 면²¹⁷이 있다.

내 칼을 꼭 잡고, 얼굴을 돌려라.

내가 뛰어들 때까지 그대로 있어다오. 그래주겠느냐, 스트라토?

**스트라토**   먼저 악수를 하게 해주십시오. 안녕히 가십시오, 나리.

**브루터스**   잘 있어라, 스트라토.                    (자신의 칼에 뛰어든다.)

시저, 이제 고이 잠드시오.                                    50

당신을 찌를 때에도 지금의 반만큼도 내키지 않았소.    (죽는다.)

---

217. *smatch*: F의 "smatch"는 잘못된 철자로 보이며, "면모, 기미"를 의미하는 "smack"
    으로 봐야 한다(*Riverside*).

공격나팔 소리. 퇴각신호 소리.
옥타비우스, 앤토니, 메살라, 루실리어스 및 군대 등장.

**옥타비우스** 저자는 누구냐?

**메살라** 브루터스의 하인이오. 스트라토, 주인님은 어디 계시냐?

**스트라토** 당신이 묶여 있는 그런 결박에서 해방되셨습니다, 메살라 장군.

55 　정복자들도 그분을 화장(火葬)하는 일만 남았습니다.

　　브루터스님만이 자신을 정복했을 뿐,

　　아무도 그분의 죽음을 공으로 삼을 수 없게 되었습니다.

**루실리어스** 과연 브루터스답다. 고맙소, 브루터스,

　　이 루실리어스의 말이 옳다는 것을 증명해 주셨으니 말이오.

60 **옥타비우스** 브루터스 장군을 섬기던 자들은 모두 내가 거두겠다.[218]

　　여봐라, 너는 나와 함께 지내겠느냐?

**스트라토** 예, 메살라 장군께서 추천해[219] 주신다면.

**옥타비우스** 그렇게 해주시오, 메살라.

**메살라** 주인께선 어떻게 돌아가셨느냐, 스트라토?

65 **스트라토** 제가 잡고 있는 칼에 뛰어드셨습니다.

**메살라** 옥타비우스, 그렇다면 저자를 거둬주시오.

　　주인께 마지막 봉사를 해드린 자이니.

**앤토니** 브루터스는 그들 가운데 가장 고결한 로마인이었소.

　　이분을 제외한 모든 역모자들은

---

218. *entertain them*: 그들을 부리다, 그들을 거두다(take them into my service)(*New Cambridge*).

219. *prefer*: 추천하다(recommend).

위대한 시저에 대한 시기심으로[220] 그런 짓을 저질렀소.    70

오직 브루터스만이, 순수한 정의감과 모든 사람들의

공익을 위하여, 그들과 한패가 되었던 것이오.

그분의 생애는 고결했고, 그분의 인품[221]은 원만했소.

그리하여 자연의 여신조차 일어서서 온 세상을 향해

"이분이야말로 진정한 사나이였다!"라고 외칠 수 있을 정도였소.[222]    75

**옥타비우스**  그분의 미덕에 합당하게

최대한 예를 갖춰 경의를 표하는 장례식을 올립시다.

오늘 밤에는 내 막사에 유해를 안치할 것이오.

군인에게 어울리는 최고의 예우를 하겠소.

그럼 전쟁터에 휴전을 선포하라. 자, 갑시다. 가서    80

이 행복한 날의 영광을 함께 나눕시다.    (일동 퇴장)

---

220. *envy*: 시기심 혹은 증오심(hatred)(*Riverside*).

221. *the elements*: 인간은 공기, 흙, 불, 물의 네 가지 요소로 이뤄져 있다는 고대의 생리
학적 개념에 대한 언급(*Riverside*).

222. *"This was . . . a man!"*(ll. 68-79): 전투에서 승리한 앤토니는 다른 암살자들과 달
리 브루터스는 공공의 이익이나 공화정을 수호하기 위한 순수한 정의감으로 행동
했기에 "가장 고결한 로마인"이라고 칭송한다. 앤토니의 이 말은 본래 플루타르
크에게서 인용한 것이다. 브루터스에 대해 셰익스피어는 그의 적의 입을 통해 시
저를 살해한 데 대한 그의 동기의 순수성을 강조하는 한편 나머지 암살자들의 동
기가 불순했음을 지적하도록 한다. 실제로 플루타르크에 의하면 "앤토니가 여러
번 시저의 암살자들 중 브루터스의 행위만이 예외적으로 칭송받을 만하며, 다른
암살자들은 시저에 대해 사적인 적개심이나 질투심, 증오심을 품고서 음모에 가
담하였다"(*Arden* 재인용).

## 작품설명

## 1. 집필년도, 텍스트[1]

『줄리어스 시저』는 대체로 1600년에서 1601년 사이에 집필되었다고 보는 견해가 있는가 하면(Ed. Anne Barton, *Riverside*), 보다 많은 학자들은 1599년에 집필되어 그해 가을에 초연된 게 거의 확실하다고 추정하는 견해(Ed. Marvin Spevack, *New Cambridge*)에 동의한다. 이처럼 셰익스피어의 대부분의 다른 작품들이 그러하듯 명확한 집필 연대에 대해서는 학자들마다 조금씩 견해가 다르다. 이 극은 당시에 대단히 인기가 있어서 1599년 이후 줄곧 공연되었지만, 최초로 출판된 것은 1623년 제1이절판(F1)으로 나온 셰익스피어의 첫 전집에서 볼 수 있으며, 런던의 출판조합 기록부에는 1607년에 등록되었다. 따라서 애초에는 18세기

---

1. 이 부분은 주로 데이비드 다니엘(David Daniell)이 쓴 아든 판 편집본 서문, 마빈 스페박(Marvin Spevack)이 쓴 뉴 캠브릿지 판 편집본 서문, 앤 바튼(Ann Barton)이 쓴 리버사이드 판 편집본 서문 등을 참조하여 작성했음을 밝히며 특정 자료의 인용을 표시하지 않은 경우도 있음을 양해하기 바란다.

후반과 그 뒤를 이어 약 100년간 계속되었던 것처럼, 에드워드 카펠 (Edward Capell)과 에드몬드 멀론(Edmond Malone)의 추정에 따라 1607년경에 집필된 후기 극들 가운데 위치시키는 추정도 있다. 게다가 이 극은 셰익스피어의 극이 얼마나 인기가 있었는가를 가늠하는 데 유용한 증거로 인용되곤 하는, 프랜시스 미어스(Francis Meres)가 1598년 9월에 출간하여 같은 달 7일에 출판등록한 일종의 문학 비평서인 『지혜의 보고』(*Palladis Tamia: Wit's Treasury*)의 희극이나 비극 목록에서도 발견되지 않기에 적어도 『줄리어스 시저』는 1598년 이후에 집필되었을 것으로 추정된다. 그러나 주지하다시피 미어스는 『헨리 6세 3부작』이나 『말괄량이 길들이기』와 같이 자신의 저서보다 이전에 출간되었던 다른 극들에 대해서도 언급하지 않고 있으며, 따라서 그의 기록이 전적으로 철저하다거나 정확하다고 믿을 만한 이유 역시 불충분하다. 더구나 그가 선택한 6개의 희극과 6개의 비극은 셰익스피어의 전체 작품들을 망라한 것이라기보다는 균형을 잡기 위한 것으로 보인다.

1599년을 집필년도로 추정하는 증거는 존 위버(John Weever)가 1601년에 출판한 『순교자 귀감, 혹은 존 올드캐슬 경의 생애와 죽음』 (*The Mirror of Martyrs, or The Life and Death of Sir John Oldcastle*)에서 시저를 살해한 이후 민중들이 모인 광장에서 행한 브루터스와 앤토니의 연설 장면에 관해 분명히 언급한 데서 발견된다. 그런데 위버는 헌사에서 이 글이 "출판을 위해 약 2년 전에 썼던 것"이라고 말한 것으로 보아 그가 『줄리어스 시저』를 관람한 것은 1599년이었을 것이라는 유추가 가능하다. 문제는 위버의 진술이 사실이 아니라는 데 있다. 위버가 쓴 내용은 실로 처음부터 끝까지 1600년 이전까지는 알려지지 않았던 글에서 잡다하게 훔쳐온 것들로 가득하다는 주장이 제기되었기 때문이다. 따라서 위버의 브루터스와 앤토니의 연설에 대한 언급은 『줄리어스 시저』에 대한 비교적 초기의 언급으로 흥미롭지만 이 극의 집필연대를 정확히 밝히는 데에는 별 도움이 되지 않는다.

1599년에 집필되었을 것이라는 보다 확실한 증거로는 주로 스위스 바젤(Basle) 출신의 의사로서 1599년 9월 18일부터 같은 해 10월 20일까지 영국에 머물면서 여행에 대한 기록을 남겨놓은 토마스 플래터(Thomas Platter)의 기록을 들 수 있다. 이 기간 동안 플래터는 런던에서 두 편의 연극을 관람하였는데, 9월 21일에 관람한 한 편의 연극에 대해 "점심 식사 후 오후 두시 경, 일행과 함께 강을 건너가 초가지붕으로 된 극장에서 가서 15명 정도의 인물이 등장하는 로마 최초의 황제 줄리어스 시저의 비극을 관람하였다"는 기록을 남겼다(Spevack 3, Dorsh vii 재인용). 에드먼드 체임버스 경(Sir Edmund Chambers)은 이 기록을 근거로 당시 플래터가 본 극은 셰익스피어의 『줄리어스 시저』가 확실하며, 그가 이 극을 관람한 극장은 1599년 1월 혹은 2월에 착공하여 그해 늦은 여름에 완공한 지구 극장(The Globe)일 가능성이 높다고 보았다.

『줄리어스 시저』에 대한 셰익스피어 자신의 간접적인 언급은 1599년 여름에 집필된 것으로 알려진 『헨리 5세』(Henry V)의 5막의 서막 부분이 『줄리어스 시저』의 1막 1장의 상황과 대단히 유사하여 셰익스피어가 『헨리 5세』를 집필하고 있을 때 이미 『줄리어스 시저』에 대해 구상을 하고 있었다는 것을 알 수 있다. 그 외에도 1599년에 초연된 것으로 알려져 있으며 1600년 4월 8일에 출판등록된 벤 존슨(Ben Jonson)의 『기질을 벗어난 모든 사람』(*Every Man Out of His Humour*)에 "Et tu Brute?"라고 하는 시저의 대사를 익살스러운 맥락에서 풍자하는 구절이 있다. 같은 해 새뮤얼 니콜슨(Samuel Nicholson)의 시(*Achlastus his Afterwitte*)에서도 "Et tu Brute, wilt thous stab Caesar too?"라는 구절이 나타나는 등 다양한 증거들로 미루어 보아도 『줄리어스 시저』는 1599년에 집필되었을 것이라는 추정이 설득력을 얻는다.

앞에서 이미 언급했듯이 『줄리어스 시저』는 1616년에 셰익스피어가 죽은 뒤 동료 배우들이 수집한 36개의 연극들 가운데 포함되어 있으며, 재가드가(the Jaggards)에 의해 오늘날 우리가 소위 제1이절판이라고 하는 셰익스피어의 첫 전집에서 볼 수 있으며 단일한 출판 텍스트로 전해져오고 있다. 런던의 출판조합 기록부에는 1607년에 등록된 이 극은 이절판으로만 인쇄된 작품이라 셰익스피어의 다른 극들과 달리 텍스트 상의 문제는 비교적 적은 것으로 알려져 있다.

## 2. 원전[2]

『줄리어스 시저』의 원전으로는 흔히 시저 자신이 참전한 전쟁에 대하여 쓴 『내전』(*The Civil Wars*)이 있다. 시저는 골(Gaul) 지방을 비롯하여 기타 다른 지역에서 치른 전투에 관해 객관적이고도 담담하게 3인칭

---

2. 이 부분은 주로 도쉬가 쓴 아든 판 편집본 서문, 스페박이 쓴 뉴 캠브릿지 판 편집본 서문, 앤 바튼이 쓴 리버사이드 판 편집본 서문 등을 참조하여 작성했음을 밝히며 특정 문장에 특정 자료의 인용을 표시하지 않은 점을 양해하기 바란다.

으로 기록해 놓았다. 그러나 시저에 관한 가장 중요한 원전으로는 플루타르크(Plutarch)의 『영웅전』(*Parallel Lives*)의 프랑스어판을 다시 영역한 토마스 노스 경(Sir Thomas North)의 『영웅전』(*The Lives of Noble Grecians and Romans*, 1579)을 들 수 있는데, 그 중에서도 셰익스피어는 특히 시저와 브루터스의 생애를 중심으로 앤토니의 생애에서 소재를 취했다는 데에는 논란의 여지가 없다. 이 번역본은 당시에는 상당한 인기를 끌어서 초판이 출간된 이후 17세기 말에 이르기까지 무려 6번이나 재판을 거듭했을 정도였다고 한다. 셰익스피어는 자신의 다른 극들에서 보다도 『줄리어스 시저』에서 직접적으로 혹은 의식적으로 충실하게 원전에 따르고 있는데 시저의 암살을 초래하게 된 원인과 그 결과로 야기된 역사적인 대사건으로부터 플롯, 구성, 등장인물들의 성격 등을 빌려왔을 뿐만 아니라 어떤 때는 노스의 표현을 사소한 손질만을 한 채 거의 그대로 사용하는 경우도 발견될 정도이다. 물론, 에드워드 다우든(Edward Dowden)의 지적처럼 셰익스피어는 이 작품에서 역사적 사실의 특정부분에 초점을 맞추었다기보다는 어떤 상황에 처했을 때 드러나게 마련인 인간성, 즉 인간 본질의 속성에 초점을 맞추었으며(276), 등장인물간의 관계를 발전시키는 과정에서 원전과는 다른 면을 강조하거나 섬세한 묘사를 첨가하였고, 흥미를 유도하도록 잘 구성된 플롯과 등장인물의 발전에 전적인 일관성을 부여하여 결합시킴으로써 극적 흥미를 고조시키는 등 원전에 많은 영향을 받고는 있지만 동시에 자신의 독특한 시각으로 새롭게 묘사하고 재해석하였다.

　시저의 죽음과 관련된 이야기는 고대 로마뿐만 아니라 그 이후로도

워낙 중요한 역사적 사건이었을 뿐 아니라 고대 로마 이후로도 대단히 흥미 있는 사건이었기에 르네상스 시기 영국인들에게도 널리 알려져 있었을 것으로 보인다. 따라서 셰익스피어는 플루타르크 이외의 다른 저자의 글에서도 이 사건에 관해 읽었을 것이 분명하다. 그는 『파라살리아』(*Pharasalia*)에서 루칸(Lucan)이 시저에 관해서 기술한 것도 읽었을 것이며, 1578년에 출판된 아피안(Appian)의 『로마사』(*Chronicles of the Roman Ward*)의 영역본도 읽었을 것이라는 견해도 제시되고 있다. 또 다른 자료로는 시저가 죽은 지 약 120년쯤 뒤에 로마시대의 역사가요 전기 작가인 수에토니우스(Gaius Suetonius Tranquillus, 69-140)가 줄리어스 시저를 비롯하여 아우구스투스로부터 도미티안(Domitian)에 이르기까지 12명의 황제들에 관해 쓴 『황제 열전』(*De vita Caesarum*)을 읽었을 것으로 추정된다. 이 저서는 필레몬 홀랜드(Philemon Holland)에 의해 1606년에야 비로소 영어로 번역되어 출판되었지만 이미 프랑스에서는 1541년과 1556년에 번역되어 출판되었으며 스페인어로는 1547년과 1596년에 번역되어 출판되었다.

위에서 언급한 역사적 자료 이외에도 셰익스피어가 『줄리어스 시저』를 쓸 당시에는 동시대 작가들이 쓴 줄리어스 시저에 관한 극작품들이 광범위하게 공연되고 읽혔기에 이러한 다양한 참고 자료들을 보고 읽으면서 작품을 구상했을 것으로 보인다. 그중에는 1582년에 옥스퍼드 대학에서 상연된 『살해당한 시저』(*Caesar Interfectus*)라는 작품, 토머스 키드(Thomas Kyd)가 로베르 가니에(Robert Garnier)의 작품을 영역한 『코르넬리아』(*Cornelia*), 그리고 플루타르크 다음으로 셰익스피어의 작품에 지대한 영향을 끼친 것으로 보이는 작자미상의 『시저의 복수』(*Caesar's Revenge*) 등의 작품이 있다.

## 3. 공연사[3]

앞에서 이미 언급했듯이, 『줄리어스 시저』는 아마도 지구 극장에서 1599년 9월 21일에 초연되었을 것으로 추정된다. 이 극은 지구 극장이 1642년에 문들 닫을 때까지 단지 세 번 더 공연되었다는 기록이 남아 있지만, 이 극에 대한 당시의 언급들은 이 세 번의 횟수가 시사하는 것보다 훨씬 더 인기가 있었으며, 초연 이후 오늘날에 이르기까지 400년 이상 동안 장기 공연되면서 계속해서 인기를 끌어온 작품 중 하나이다.

『줄리어스 시저』는 거의 드물게 중지되었던 짧은 기간을 제외하면 영국과 미국에서 4세기 동안 공연이 계속되었다. 그것은 주로 등장인물들과 상황이 대단히 복잡해서 각각의 시대마다 그 시대의 취향과 상황에 가장 적합한 것을 끄집어 낼 수 있었던 데 기인한다. 제작자 겸 주연들과 연출가들은 이 극을 특정 배우의 능력을 훌륭히 부각시켜주는 연극으로 사용하거나, 이 극을 애국적인 혹은 민족주의적인 특성들을 강조하거나, 종종 공화정 시대보다는 제국주의 로마를 향한 관객들의 열광에 부응하거나, 뛰어난 웅변과 수사에 매료되거나, 그 시대의 정치적 사건과 연관시켜서 무대에 올렸다. 20세기의 기준에 의하면, 이 손쉬운 개작의 가능

---

3. 이 부분 역시 주로 다니엘이 쓴 아든 판 편집본 서문, 마빈 스페박이 쓴 뉴 캠브릿지 판 편집본 서문, 조광순의 『줄리어스 시저』 등을 참조하여 작성했음을 밝히며 특정 문장에 특정 자료의 인용을 표시하지 않은 점을 양해하기 바란다.

성은 종종 커다란 대가를 치르고 얻었던 것이다. 셰익스피어의 텍스트는 18세기와 19세기에는 경제적인 이유로부터 원작에는 부족하다고 느낀 비극적 효과를 높이거나 일관성을 부여하려는 시도에 이르기까지 광범위한 이유로 자유롭게 개작되었다. 1817년에 런던과 런던의 극장을 방문했던 루드비히 티엑(Ludwig Tieck)은 무대를 위해 셰익스피어의 텍스트를 준비하는 영국인들의 "부주의함"에 대해 언급하면서 그들이 "전체적으로 연극에 대한 감각이 부족하다"고 지적하였다.

우리가 17세기 공연에 대해 갖고 있는 얼마 안 되는 증거는 배우들이 제1이절판에 가까운 텍스트를 사용하였음을 시사한다. 그러나 17세기 말엽에 토마스 베터튼(Thomas Betterton)이 브루터스의 역할을 맡았을 때, 조연들을 없애고 캐스카와 트리보니어스의 극중 역할을 확대하여 많은 분량의 대사를 부여하는 등 대사의 재배치와 같은 일들이 이미 행해지고 있었다. 베터톤은 브루터스를 철학가요 애국자로 해석하는 전통을 확립함으로써, 이 극의 제목에도 불구하고 『줄리어스 시저』를 브루터스의 비극으로 보는 것이 보다 적절하다는 경향이 이어져 이러한 전통은 19세기에도 내내 지배적이었다. 캐시어스는 기본적으로 감정적인 인간으로 묘사되었으며, 그의 성급한 성격은 극에서 가장 현저하게 드러나는 4막 3장에서의 언쟁 장면에서 브루터스의 침착함과 극명한 대조를 이루도록 하는데 기여하였다. 베터톤의 『줄리어스 시저』는 왕정복고시대 때 인기를 누려 1750~89년도까지 23번이나 공연되었다(Daniell, *Arden*, 102).

18세기의 배우들은 선배들이 설정해놓은 경향에 따라 셰익스피어의 등장인물 묘사의 애매함을 제거하고 극의 진행 속도를 빠르게 하는데 노력하였다. 18세기에는 이성주의에 따라 초자연적인 것에 대한 언급을 최소화하였으며, 브루터스가 비극의 주인공으로서 적절하지 않다고 생각되는 표현과 감정을 억제하도록 하였다. 특히 5막 5장은 브루터스가 보다 당당하고도 위엄 있게 죽음을 맞이하는 것으로 개작되었다. 그 결과 유명한 배우들이 브루터스, 앤토니, 캐시어스의 역할을 맡아 한 반면 이 극의 주요 인물인 시저는 별다른 주목을 받지 못하고 대체로 개성이나 심지어 위엄도 없는 전형적인 독재자의 역할로 전락하였다. 또한 18세기의 상연에서는 3막 2장과 3장에서 대단히 중요한 역할을 하는 민중들의 역할 역시 축소되어 평균 여섯 명 정도의 희극배우들로 구성되었을 뿐이란 점 역시 주목할 만하다.

19세기에는 이러한 전통에 근본적인 변화가 일어났다. 민중들은 순전히 시각적 효과를 목적으로 79명에서 250명에 이르기까지 다양한 숫자의 단역들이 동원되어 무대를 채웠다. 17세기와 18세기에는 의상과 무대장치의 역사적 정확성에 대해 크게 주의를 기울이지 않았지만, 19세기의 제작자겸 주연들은 신빙성을 주된 미덕으로 간주하였다. 그러나 이러한 사실에도 불구하고 그들은 종종 공화정 시대의 보다 검소한 건물들 대신에 로마제국의 영광을 재현하곤 하였다. 두 개의 주요 공연—존 필립 켐블(John Philip Kemble)의 공연과 허버트 비어봄 트리(Herbert Beerbohm Tree)의 공연—은 19세기의 시작과 끝을 특징지으며, 변화하는 개념과 해석의 예로 기여한다. 1812년 2월 29일에 코벤트 가든(Covent Garden)의 왕립 극장(Theatre Royal)에서 첫 공연을 시작하여

1817년까지 매년 공연된 이 극에서 켐블은 특히 거대한 극장과 회화적 효과를 살린 무대배경, 등장인물들을 조각처럼 무대에 배치하는 것, 역사적으로 고증된 의상 등에 대한 시각적 효과를 강조하는 것이 특징인 "진실하면서도 장엄한 연기 스타일"을 만들어 냈다. 자신의 의도에 맞춰 켐블은 셰익스피어의 텍스트에 새롭고 강력한 수정을 가함으로써 19세기 초반의 공연에 기준을 제시하였다. 대사부분을 3분의 1로 과감하게 삭제하거나 단역을 생략하거나 재배치하는 것은 극의 구성을 긴밀하게 하고 액션과 등장인물의 성격상의 일관성을 높이도록 하는데 기여하였다. 브루터스를 연기했던 켐블은 로마인의 지배적인 "이상미"(béau idéal)를 금욕주의적 원칙과 애국심으로 간주하였으며, 젊고 강건한 귀족인 앤토니의 역을 맡은 배우는 무자비함이라든가 기회주의적인 색채를 빼고 순수한 동기에 따라 행동하는 자로 묘사했다. 그러나 이들은 대사를 정확하게 전달하는 데 무게를 두다 보니 정작 주인공들의 내면의 고뇌를 보여주지 못했다는 지적도 받았다.

이러한 켐블의 공연 텍스트와 스타일은 이후 수십 년간 그의 후배들에게 영향을 미쳤으나 그들은 켐블이 로마인들을 과도할 정도로 위엄 있게 처리한 데 반해 어느 정도 인간성을 회복시켜 다양한 감정이 살아 움직이도록 하는 시도를 하였다. 그 중에서도 보다 사실주의적인 액션의 필요성을 느낀 윌리엄 매크리디(William C. Macready)는 주인공의 영웅적인 감정과 사적인 감정을 뒤섞고 순간마다 변하는 감정을 포착하여 로마의 대리석 조각과 같은 인물이 아닌, 다양한 감정이 살아 움직이는 인물로 제시하였으며 단역배우들을 수동적인 구경꾼의 역할로부터 구해냈다. 광장의 연설 장면에서 민중들은 마침내 정치적으로 결정적인 힘을 갖는 집단으로 묘사되었고, 매크리디의 새로운 기획을 물려받아 확장시킨 색스-마이닝켄 공작(Duke of Saxe-Meiningen)은 1881년의 런던 공연에서 이 장면을 암살 장면과 함께 오랫동안 인기를 끌었던 언쟁 장면으로 대체하였다. 이어서 1898년 1월 22일, 여왕폐하 극장(Her Majesty's Theatre)의 공연에서 트리는 광장 연설 장면에서의 뛰어난 설득력과 두드러진 역할을 고려하여 앤토니를 단순화한 켐블과는 달리 앤토니를 주연으로 부각시키고 브루터스의 역할을 축소시킨 나머지 자살 장면에서의 영웅적이고 애국적인 대사마저 삭제했다. 중요한 것은 트리가 관객들은 무대장치가 사실주의적이고 스펙터클하길 기대하고 있다는 확신에 기초하여 자신의 공연을 연출하였으며, 로마와 로마 시민에 대해 이전 공연들에서보다 훨씬 더 중요한 의미를 부여했다는 사실이다. 따라서 그는 민중들에게 주목하였으며, 시저의 역할을 맡은 배우 찰스 풀턴(Charles Fulton)에게 이전 공연에서는 볼 수 없었던 인간적 위엄을 부여하였다.

19세기 미국 공연은 주로 관객들에게 혁명적 이상을 부각시키고 뛰어난 웅변과 위대한 스타 배우들에 대한 기대를 충족시키는 데 집중하였다. 19세기 미국의 정치에서는 웅변이 중요한 요소였기에, 『줄리어스 시저』의 공연 역시 많은 수사적 대사들을 강조한 것으로 보인다. 1871년, 에드윈 부스(Edwin Booth)의 공연은 대체로 켐블의 시각적 효과에 대한 강조를 따랐지만, 신고전주의적 장엄미를 강조하는 대신 낭만적 색채를 덧입혀 브루터스의 감수성과 이상주의를 특별히 강조하였으며, 암살 장면에서 시저를 찌르길 주저하는 데서 폭력적인 행위를 혐오한다는 점을 분명히 함으로써 이 감상적인 브루터스의 연기는 오랫동안 인기를 끌었다.

스트랫포드(Stratford-upon-Avon)의 공연사에서 20세기의 전환기는 프랭크 벤슨(Frank Benson)의 공연이 주목할 만하다. 셰익스피어 기념극장(Shakespeare Memoiral Theatre)에서의 공연은 19세기의 영웅적 개념과 연설을 따랐지만, 과도한 무대장치나 배경으로부터는 거리를 두었다. 벤슨은 연설을 다시쓰기 한다든가 새로운 대사를 삽입하지 않았다는 점에서는 이전의 제작자 겸 주연들과 전혀 달랐다. 트리가 거침없이 특정한 등장인물을 돋보이도록 텍스트를 삭제하곤 했던 것과도 극명한 대조를 이뤘지만, 벤슨 역시 구조적 명확성을 얻기 위해 멋대로 삭제하거나 수정했다. 트리에 의해 시저는 새로운 방향을 취하게 되어 이전에 그가 가졌던 힘은 분명히 쇠퇴하였지만, 여전히 위엄을 유지하도록 하고 암살당한 이후에도 그의 힘을 의식하도록 묘사한 것은 이후의 공연들이 주목하게 된 일종의 혁신이었다.

윌리엄 포엘(William Poel)과 할리 그란빌-베이커(Harley Granville-Baker)의 강한 영향을 받은 윌리엄 브릿지스-애덤스(William Bridges-Adams)는 벤슨의 후계자라 할 수 있는 연출가다. 그는 1914년에서 1934년 사이에 이 작품을 공연하면서 트리나 벤슨의 것과는 상당히 다른 개념을 도입함으로써 이 작품의 공연에 중요한 전기를 마련했다는 평가를 받는다. 그의 공연이 기여한 특기할 만한 사항은 왕정복고 이래 최초로 원전을 각색하거나 삭제하지 않고 거의 온전한 텍스트를 사용했다는 점이다. 무엇보다도 거의 100여 년 간 흔히 삭제되었던 4막 1장을 무대에 복원

함으로써 앤토니의 역할에 강력한 영향을 미쳤다. 이전의 공연이 제작자 겸 주연 위주였던데 반해 브릿지스 애덤스는 액션을 위해 거의 전적으로 앞무대를 사용하는 등, 전통적인 공연에 변화를 초래했다. 그는 모든 무관한 제스처와, 그의 선배들이 소중하게 생각했던 한두 명의 인기배우의 역할에 대한 강조를 가급적 억제하여 그들의 화려하고 정적인 배경을 덜 정교하고 보다 유연한 배경으로 대체하였으며, 상당히 긴 텍스트를 일반적인 공연 길이에 맞추기 위해 대사와 연기에 속도를 가했다.

『줄리어스 시저』가 전혀 새로운 방향을 취하게 된 것은 미국에서의 공연이었다. 1937년, 평생 셰익스피어의 극을 무대에 올리고 영화로 제작하는데 재능과 열성을 다했던 오손 웰즈(Orson Wells)는 고도의 개인적 시각으로 해석하여 『독재자의 죽음』(*Death of a Dictator*)이라는 부제로 이 극을 무대에 올렸다. 그는 "정치적 폭력과 독재에 직면한 개인의 도덕적 의무의 문제"(Ripley 200)를 강조하여 설득력 있게 표현하였다. 웰즈는 셰익스피어의 로마 비극을 단지 강렬한 정치적 문제의 효과적인 극적 형상화라는 자신의 개념을 전달하기 위한 수단으로 간주하여 무자비하게 텍스트를 훼손하였다. 그는 빠르게 전환되는 장면과 영화적 기법을 사용하면서 거의 전적으로 파시즘을 상징하는 시저, 자유주의를 상징하는 브루터스, 그리고 민중에게 초점을 맞췄으며, 이러한 정치적 맥락에서 민중의 변덕스러움, 어리석음, 그리고 무분별한 잔인성을 전례 없이 부각시켰다. 또한 웰즈는 파시스트 복장과 일상복 같은 현대적 복장을 하고 연기하도록 했으며, 화려하고 장엄한 인상을 연출하기 위해 광범위하게 영화적인 조명 효과를 사용하였다. 그 결과 그의 공연은 후배

연출가들에게 결코 잊을 수 없는 선례를 제시하였으며, 로마 시대를 현대화한 공연들이 한동안 이어졌다.

약 20년 뒤인 1963년에 존 블랫츨리(John Blatchley)는 스트랫포드에서 이 극을 무대에 올렸지만, 『줄리어스 시저』를 항존하는 정치의 더러운 면에 대한 묘사로 이해한데 대해서는 비평가들의 호의를 얻지 못했다. 이외에도 비평가들은 뒤범벅된 의상, 놀라울 정도로 느린 진행 속도에 불평을 토로하였다. 그러나 블랫츨리는 시저를 비극의 중심에 확고하게 자리잡도록 했으며 이러한 사실은 1972년에 트레버 넌(Trevor Nunn)의 공연으로 이어졌다. 강력한 개성과 성격을 가진 시저, 신경증적이고 인내성 없으며 때로 격렬한 분노를 표출하는 브루터스와 같은 인물묘사와 같은 해석은 크게 성공적이진 않았으나, 몇몇 비평가들은 이 공연이 셰익스피어가 의도한 바를 잘 포착한 것으로 호평하였다. 넌은 분명하게 파시즘과 유사한 분위기를 부여하였으며 "로마 제국이 '부족주의에서 권위주의, 식민주의, 그리고 타락으로' 순환하는 주기"를 무대에 제시하고자 하였다. 비록 주제적인 측면에서는 넌의 시도가 실패했지만, 극중 인물인 옥타비우스는 이 극에서 확실히 자리를 잡아 지금까지의 주변적 위치에서 중심적인 인물로 등장하였다.

1970년대와 1980년대의 연출가들은 분명히 보다 당면한 현실적 사건들을 반영하는 무대에 대한 필요성을 느꼈으며 다른 국가들과 모델들로 눈을 돌렸다. 제랄드 프리드만(Gerald Freedman)은 1979년의 셰익스피어 페스티벌에서 시저를 라틴아메리카 독재자로 그리고 민중은 여행자들로 제시하였지만, 전반적으로 그는 현대적 요소들을 어느 정도 절충

해서 사용하였다. 1981년에는 레온 루빈(Leon Rubin)이 이와 동일한 맥락에서 이집트 대통령 사다트(Sadat)의 암살과 라틴아메리카 국가들간의 유사성을 도입하였다. 제리 터너(Jerry Turner) 역시 1년 뒤 이러한 해석을 차용하여 시저를 체 게바라(Che Guevara)를 떠올리게 묘사하였다.

다수의 연출가들은 이처럼 『줄리어스 시저』를 현대적으로 해석하도록 압력을 받았지만, 이와 반대로 엘리자베스 시대 양식으로 이 극을 공연하려는 시도도 있었다. 1953년, 웨스트민스터 극장(Westminster Theatre)에서 마이클 맥오웬(Michael MacOwan)은 배우들, 소품, 무대 등이 부적절함으로 인해 성공적이지 않았다. 2년 뒤 마이클 랭햄(Michael Langham)은 돌출무대를 시도하면서 비극이라기보다는 연대기라는 관점에서 『줄리어스 시저』를 이해하여 중단 없이 빠른 속도로 극을 진행시켰다. 르네상스 시대의 의상, 충분한 그러나 기능적인 단역들의 사용, 그리고 인상적이고 의미 있는 동작 등은 이 공연의 장점을 더해주었지만, 셰익스피어의 예리한 성격묘사를 간과하는 우를 범했다.

엘리자베스시대다움을 재연한 공연으로는 아마도 1952년, 케임브리지에서의 학생 공연일 것이다. 나중에 왕립 셰익스피어 극단(RSC)의 연출가가 된 존 바튼(John Barton)이 연출한 이 공연은 셰익스피어 시대의 지구극장의 건축과 분위기를 재현하려고 노력했다. 셰익스피어 연구에 기반한 그는 대사를 정교하게 전달하는데 보다 집중한 나머지 극 전체의 구조에 대해서는 관심을 덜 기울였다. 그의 실험은 대체로 찬사를 받았지만, 1968년에 RSC에서 『줄리어스 시저』를 재상연했을 때, 그의 목표는 상당히 달라졌다. 그는 성격 연구에 초점을 맞춰 브루터스와 캐시어스의 부정적 측면들을 강조하고 의상 변화를 통해 앤토니의 모호성과 갈등을 이끌어내었다. 특히 시저 역의 브루스터 메이슨(Brewster Mason)은 프랑스의 드골(De Gaulle)을 연상시키는 위협적이고 위압적인 인물로 제시하고, 암살당한 이후에도 계속해서 극을 지배하도록 했다.

20세기의 뛰어난 공연 중 하나로 손꼽히는 것은 1950년 스트랫포드에서 앤소니 퀘일(Anthony Quayle)과 랭햄이 공동으로 연출한『줄리어스 시저』를 들 수 있다. 보수적인 무대에 고대 로마 시민의 겉옷인 토가(toga)와 로마 군복을 의상으로 한 이 공연은 설득력이 있었는데, 그것은 배우들의 뛰어난 연기력 덕분에 셰익스피어의 등장인물의 복잡한 성격을 생생하게 표현하는데 성공했기 때문이다. 존 길거드(John Gielgud)는 캐시어스를 극의 추진력으로 만들었다. 그는 이 음모자를 좌절된 야망, 질투, 놀라운 에너지, "현실정치"의 요인에 대한 인식, 그리고 고상함을 갖춘 인물로 연기하였다. 자신의 더 나은 판단력에도 불구하고 중요한 문제를 결정하는데 브루터스에게 양보한 것은 브루터스의 도덕적 우월성을 인정했기 때문이다. 별로 주목할 만한 가치가 없는 부차적인 인물로 종종 간주되었던 옥타비우스를 앨런 바델(Alan Badel)은 "나중에 황제 아우구스투스가 될 만한 재목"으로 묘사하였다.

퀘일-랭햄의 재상연이 독보적으로 셰익스피어의 극에 내재된 비극적 차원과 영웅주의에 대한 느낌을 전했다면, 7년 뒤인 1957년에 글렌 바이엄 쇼(Glen Byam Shaw)와 그의 배우들은 종전의 공연에서 브루터스와 캐시우스에게 초점이 집중되었던 것과는 달리 "시저리즘"(Caesarism)[4]의

---

4. 황제 정치주의 혹은 제국주의로도 번역되며, 로마시대에 최고 입법기관인 원로원을 장

핵심을 포착하여 시저의 약점들이 그의 권위에 손상을 가하는 것보다 오히려 그를 보다 인간적으로 보이게 했으며, 강력하지만 조각상과도 같은 시저의 모습 대신 위대한 지도자의 모습으로 제시했다. 시저의 혼령이 항상 무대를 지배했으며, 이러한 측면은 그가 암살당한 뒤에도 중요한 순간마다 밝게 빛나는 별의 모습으로 암살자들을 따라다니도록 처리함으로써 효과적으로 강조되었다. 이러한 개념을 한걸음 더 발전시킨 연출가는 존 슐레싱거(John Shlesinger)로서, 그는 1977년의 공연에서 길거드에게 시저 역을 맡겼다. 길거드는 시저에게 자연스런 권위를 부여하였으며, 극의 초반부터 음모자들은 결코 시저의 정신을 정복할 수 없다는 점을 분명히 보여주었다. 시저의 유령은 전투장면과 필리파이 평원에 출몰하였을 뿐 아니라 마지막까지 지배력을 행사하였다.

1981년에는 유령 또는 초자연적인 것에 대한 일종의 비틀기에 해당하는 공연이 시도되었다. 마틴 코빈(Martin Cobin)은 4막 3장에 이어지는 사건들을 브루터스의 꿈으로 해석하여 그가 잠에서 깨어나자, 자신의 악몽에서 예고되었던 운명과 기꺼이 마주할 준비가 되어 있는 것으로 제시하였다. 이 공연에서의 초자연적 사건들에 대한 광범위한 언급은 인간의 궁극적 왜소함, 나아가 자신의 영향력이 미치는 범위 밖의 보다 큰 사건의 틀이라는 점에서 보면 보잘 것 없는 존재라는 사실을 예증하려는 시도로 보인다.

---

악하지 못한 시저가 원로원을 피해 전쟁중에 획득한 재물을 대중에게 나눠주면서 인기를 얻고 직접 대중에게 호소하면서 정치를 독재체제로 몰아가는 것을 일컫는다(이재규, 『지식역사: 피터 드러커의 역사관』. 서울: 한국경제신문사, 2009: 67쪽 참조).

『줄리어스 시저』는 종종 셰익스피어의 가장 건조한 작품들 중의 하나로 간주되지만, 그 건조함에도 불구하고 1978년에서 1998년 사이에 왕립셰익스피어 극단이 공연했던 8개의 가장 인기 있었던 셰익스피어 연극들 가운데 두 번째로 손꼽힌다. 400여 년 동안의 공연사를 통해, 이 극은 수많은 변화를 겪었으며, 그 중 몇몇은 급진적인 것이었다. 민족주의적 해석은 이상주의적 해석에 자리를 내주었으며, 과장되고 커다란 제스처와 발성은 사실주의적 무대로, 신빙성으로, 그리고 "로마식"은 신엘리자베스적 접근과 동시대 사건과의 유사성에 대한 탐구에 자리를 내주었다. 20세기 들어서면서 특히 정치적 인물, 상황, 혹은 문제들과의 유사성을 시사하는 경향이 일반화되면서 이 극은 무솔리니, 히틀러, 샤를 드골, 피델 카스트로, 심지어는 마가렛 대처와 같은 정치가들이 시저의 현대적 모델로 제시되었다. 그런가하면 정치의 결정요소로서 민중들의 존재와 역할이 재조명되기도 하는 등 극적 해석과 양식에 있어 놀라울 정도로 다양한 시도가 계속되고 있다.

## 4. 영화사[5]

셰익스피어의 『줄리어스 시저』를 기반으로 영화화한 작품으로 가장 주목할 만한 것으로는 두 작품을 꼽을 수 있다. 『로미오와 줄리엣』, 『햄

---

5. 이 부분의 전반부는 주로 다니엘이 쓴 아든 편집본 서문, 스페박이 쓴 뉴 캠브릿지 편집본 서문, 조너선 베이트(Jonathan Bate)의 RSC 편집본 부록에 수록된 공연사 등을 참조했으며, <시저는 죽어야 한다> 부분은 주로 2013년 3월 3일자 <가디언> 지의 리뷰를 참조하여 작성했음을 밝힌다.
<http://www.theguardian.com/film/2013/mar/03/caesar-must-die-review-philip-french>

링』,『한여름 밤의 꿈』 등과 같은 작품들은 1960년대 이래로 활발하게 영화화되고 있지만,『줄리어스 시저』의 경우에는 한편의 영화만이 큰성공을 거두었을 뿐이다. 조셉 L. 맨키위츠(Joseph L. Mankiewicz)가 감독한 1953년의 영화는 앤토니 역에 당시 29세에 불과한 말론 브란도(Marlon Brando)가, 캐시어스 역에는 존 길거드, 브루터스 역에는 제임스 메이슨(James Mason), 시저 역에는 루이스 캘헌(Louis Calhern)이 맡았다. 우선 이 영화는 영화로 각색되기는 했지만 주로 배우들의 '대사연기'에 의해 진행된다. 배우들 역시 마치 연극연기를 하듯 다소 과장된 억양, 시적인 대사와 몸짓으로 철저히 연극적 연기를 하고 있다는 점에서 영화라기보다는 연극에 가깝다. 실제로 이 영화는 원작에 매우 충실하려고 노력한 것으로 보인다. 이 영화는 이후로도 계속해서 기술적으로 최신화한 비디오판(1989년)으로 재상영되었으며, 개봉된 지 32년 뒤인 1985년에 스페인 영화제에서, 그리고 1994년에는 영국의 런던에서 열린 셰익스피어 국제 페스티벌의 일부로 재상영되었다. 그러나 이 영화가 갖는 가장 중요한 의미는 이 극에 대한 비평적 접근뿐만 아니라 무대에서 공연되는『줄리어스 시저』의 해석에도 지속적으로 영향을 미치고 있다는 점이다. 이 영화는 "평민의 잠재적 가치"를 이끌어내지만, 동시에 "광장 장면에서 앤토니의 위험한 수사"가 갖는 힘도 보여준다. 또한 이 극은 "시저나 브루터스의 도덕적 가치가 아니라, 역사의 간단없는 진행 과정이야말로 이 극의 진정한 주제"임을 시사한다(Velz 260, Spevack 70에서 재인용).

비교적 최근에 영화화되어 주목받은 것으로는 제62회 베를린 영화제에서 황금곰상을 수상한 타비아니 형제(Paolo and Vittorio Taviani)가 제작한 <시저는 죽어야 한다>(*Caesar Must Die*, 2012)가 있다. 2012년 10월 4일부터 13일까지 부산국제영화제에서도 상영된 바 있는 이 영화는 시저를 압제자로, 브루터스를 자유의 상징으로 해석하면서 셰익스피어의 혁신적인 시각을 읽어낸 타비아니 형제는 여기서 한걸음 더 나아가 "시저는 죽어야 한다"고 말하는 것이다. 보다 중요한 것은 이 영화를 통해 타비아니 형제가 예술이란 무엇이며, 예술은 인간에게 어떠한 영향을 끼칠 수 있는가 하는 예술에 대한 근본적인 질문을 던지고 있다는 점이다.

형제감독은 살인, 마약밀매 등을 저지른 중범죄자들인 장기수들이 주로 수감되어 있는 로마 근교의 레비비아(Rebibbia) 교도소에 간다. 이 교도소는 교육 프로그램의 하나로 재소자들에 연극을 연습하게 한 뒤 발표하는 행사를 실시하는데, 형제감독은 6개월에 걸친 연습과정과 공연을 다큐멘터리 형식으로 영화화하였다. 그런데 연극이라는 예술행위는 사람들의 내면을 파고든다. 연습이 계속될수록 죄수들은 점차 극중 인물들에게 감정이입이 되어 때로 캐릭터들과 갈등하면서 동화되어 간다. 예술의 의미를 경험한 그들의 인생은 교도소가 교화하지 못한 범죄자들의 내면과 삶을 바꾸어 놓는다. 실제로 그들은 『줄리어스 시저』를 공연한 후 배우가 되기도 하고, 자서전을 쓰기도 했다고 한다. 재소자 배우들은 허구를 연기하고 있지만, 영화의 절정인 시저의 암살 장면을 통해 타비아니 형제는 오늘날의 현실에서도 반복되고 있는 압제와 배신, 살해의 비극적 역사를 병치해놓았던 것이다.

## • 참고문헌

『줄리어스 시저』를 번역하면서 다양한 편저자들의 해설과 각주를 참고하였다. 이들의 견해를 직접 인용한 경우 출전을 밝히는데 편의상 약어를 사용한 편집본에 대해 소개하고자 한다. 아든 판의 경우 주로 다니엘(Daniell)이 편집한 3판본을 사용하였으며, 혼동을 막기 위해 필요할 경우 2판의 편집자인 도르쉬(Dorsch)의 이름을 표기하여 구분하였다.

*Arden*　　　Dorsch, T. S., ed. *Julius Caesar*. The Arden Shakespeare Series, Second Series. London: Methuen, 1979.

*Arden*　　　Daniell, David, ed. *Julius Caesar*. The Arden Shakespeare Series, Third Series. Surrey: Thomas Nelso, 1998.

*New Cambridge*　　　Spevack, Marvin, ed. *Julius Caesar*. The New Cambridge Shakespeare. Cambridge: Cambridge UP, 2003.

EL.　　　Elloway, D. R., ed. *Julius Caesar*. The Macmillan Shakespeare. London: Palgrave Macmillan, 1986.

Kitteridge　　　Ribner, Irving and Geroge L. Kittredge, eds. *The Complete Works of Shakespeare*. 1971.

Lamb　　　Lamb, Sidney, ed. *Julius Caesar: Complete Study Edition*. Lincoln: Ciffs Notes, 1967.

*Oxford*　　　Humphreys, Arthur, ed. *Julius Caesar*. The Oxford Shakespeare. Oxford World Classics. Oxford: Oxford UP, 1994.

*Riverside*　　　Evans, G. Blackmore, ed. *The Riverside Shakespeare*, Second Edition. Boston: Houghton Mifflin, 1997.

*RSC*　　　Bate, Jonathan and Eric Rasmussen, eds. *Julius Caesar*. The RSC Shakespeare. Houndmills: Palgrave Macmillan, 2011.

Ripley.　Ripley, John. *Julius Caesar on Stage in England and America: 1599-1973*. Cambridge: Cambridge UP, 1980.

Wells.　Wells, Stanley, and Gary Taylor, eds. *William Shakespeare: The Complete Works*. Clarendon: Oxford UP, 1986.

그 외에도 『줄리어스 시저』와 관련하여 다음과 같은 저·역서들과 셰익스피어학회를 중심으로 한
한국 학자들의 일부 논문을 소개한다.

김재남 역. 『줄리어스 시저』. 셰익스피어전집. 을지서적, 1971.

김종환 역. 『줄리어스 시저』. 지식을 만드는 지식, 2011.

신정옥 역. 『줄리어스 시저』. 셰익스피어전집 5. 전예원, 1989.

이덕수 역주. 『쥴려스 시저』. 형설출판사, 2002.

조광순 주해. 『줄리어스 시저』. 셰익스피어 총서. 건국대학교출판부, 2005.

최종철 역. 『줄리어스 시저』. 셰익스피어 전집 4. 민음사, 2014.


강태경. 「'압제 타도, 자유, 해방이다': 런던 도제들의 줄리어스 시저」. *Shakespeare Review* 37.3
(2001): 533-63.

김종환. 「로마 사극에 나타난 셰익스피어의 민중관: 『줄리어스 시저』와 『코리올레이너스』」.
*Shakespeare Review* 42.3 (2006): 393-419.

김종환. 「『줄리어스 시저』에 나타난 설득과 선동의 언어」. *Shakespeare Review* 47.3 (2011):
563-84.

박효춘. 「『줄리어스 시저』의 이상주의와 현실주의 정치 대립을 통해 본 평민들의 꿈」.
*Shakespeare Review* 47.2 (2011): 273-312.

이행수. 「『줄리어스 시저』의 거울구조」. *Shakespeare Review* 42.3 (2006): 461-79.

이행수. 「『줄리어스 시저』: 힘에의 의지」. *Shakespeare Review* 43.2 (2007): 329-48

한용재. 「『줄리어스 시저』에 나타난 정신에 대해서」. *Shakespeare Review* 48.3 (2007): 639-659.

## 셰익스피어 생애 및 작품 연보

셰익스피어의 생애와 작품의 집필연대 중 일부는 비교적 정확히 기록되어 있는 자료에 의존할 수 있지만, 대부분은 막연한 자료와 기록의 부족으로 그 시기를 추정할 수밖에 없으며, 특히 작품 연보의 경우 학자들에 따라 순서나 시기에 차이가 있음을 밝힌다.

| | |
|---|---|
| 1564 | 잉글랜드 중부 소읍 스트랫포드 어폰 에이번Stratford-upon-Avon 출생(4월 23일). 가죽 가공과 장갑 제조업 등 상공업에 종사하면서 마을 유지가 되어 1568년에는 읍장에 해당하는 직high bailiff을 지낸 경력이 있는 존 셰익스피어와, 인근 마을의 부농 출신으로 어느 정도 재산을 상속받은 메리 아든Mary Arden 사이에서 셋째로 출생. 유복한 가정의 아들로 유년시절을 보냄. |
| 1571 | 마을의 문법학교Grammar School에 입학했을 것으로 추정. |
| 1578 | 문법학교를 졸업했을 것으로 추정. 졸업 무렵 부친 존은 세금도 내지 못하고 집을 담보로 40파운드 빚을 냄. |
| 1579 | 부친 존이 아내가 상속받은 소유지와 집을 팔 정도로 가세가 갑자기 어려워짐. |
| 1582 | 18세에 부농 집안의 딸로 8년 연상인 26세의 앤 해서웨이Anne Hathaway와 결혼(11월 27일 결혼 허가 기록). |
| 1583 | 결혼 후 6개월 만에 맏딸 수잔나Susanna 탄생(5월 26일 세례 기록). |
| 1585 | 아들 햄넷Hamnet과 딸 쥬디스Judith(이란성 쌍둥이) 탄생(2월 2일 세례 기록). |

| 1585~1592 | '행방불명 기간'lost years으로 알려진 8년간의 행방에 관한 자료가 거의 없음. 학교 선생, 변호사, 군인 혹은 선원이 되었을 것으로 다양하게 추측. 대체로 쌍둥이 출생 이후 어떤 시점(1587년)에 식구들을 두고 런던으로 상경하여 극단에 참여, 지방과 런던에서 배우이자 극작가로서 경험을 쌓았을 것으로 추측. |
|---|---|
| 1590~1594 | 1기(습작기): 주로 사극과 희극 집필. |
| 1590~1591 | 초기 희극 『베로나의 두 신사』(*The Two Gentlemen of Verona*) 『말괄량이 길들이기』(*The Taming of the Shrew*) |
| 1591 | 『헨리 6세 2부』(*Henry VI*, Part II)(공저 가능성) 『헨리 6세 3부』(*Henry VI*, Part III)(공저 가능성) |
| 1592 | 『헨리 6세 1부』(*Henry VI*, Part I)(토머스 내쉬Thomas Nashe 와 공저 추정) 『타이터스 앤드러니커스』(*Titus Andronicus*)(조지 필George Peele과 공동 집필/개작 추정) |
| 1592~1593 | 『리처드 3세』(*Richard III*) |
| 1592~1594 | 봄까지 흑사병 때문에 런던의 극장들이 폐쇄됨. |
| 1593 | 「비너스와 아도니스」(*Venus and Adonis*)(시집) |
| 1594 | 「루크리스의 강간」(*The Rape of Lucrece*)(시집) 두 시집 모두 자신이 직접 인쇄 작업을 담당했던 것으로 추정되며, 사우샘프턴 백작The third Earl of Southampton에게 헌사하는 형식. 챔벌린 극단Lord Chamberlain's Men의 배우 및 극작가, 주주로 활동. |
| 1593~1603 및 이후 | 『소네트』(*Sonnets*) |

| 1594 | 『실수 연발』(*The Comedy of Errors*) |
| 1594~1595 | 『사랑의 헛수고』(*Love's Labour's Lost*) |

| 1595~1600 | 2기(성장기): 낭만희극, 희극, 사극, 로마극 등 다양한 장르 집필. |
| 1595~1596 | 『로미오와 줄리엣』(*Romeo and Juliet*) |
| | 『리처드 2세』(*Richard II*) |
| | 『한여름 밤의 꿈』(*A Midsummer Night's Dream*) |
| | 『존 왕』(*King John*) |
| 1596 | 아들 햄넷 사망(11세, 8월 11일 매장). |
| | 부친의 가족 문장 사용 신청을 주도하여 허락됨(10월 20일). |
| 1596~1597 | 『베니스의 상인』(*The Merchant of Venice*) |
| | 『헨리 4세 1부』(*Henry IV, Part I*) |
| | 스트랫포드에 뉴 플레이스 저택Great House of New Place 구입 (마을에서 두 번째로 큰 저택으로 런던 생활 후 은퇴해서 죽을 때까지 그곳에 기거). |
| 1598 | 벤 존슨Ben Jonson의 희곡 무대에 출연. |
| 1598~1599 | 『헨리 4세 2부』(*Henry IV*, Part II) |
| | 『헛소동』(*Much Ado About Nothing*) |
| | 『헨리 5세』(*Henry V*) |
| 1599 | 시어터 극장The Theatre에서 공연하던 셰익스피어의 극단이 땅주인의 임대계약 연장을 거부하자 '극장'을 분해하여 템즈강 남쪽 뱅크사이드 구역으로 옮겨 글로브 극장The Globe을 짓고 이곳에서 공연. 지분을 투자하여 극장 공동 경영자가 됨. |
| 1599~1600 | 『줄리어스 시저』(*Julius Caesar*) |
| | 『좋으실 대로』(*As You Like It*) |

| | |
|---|---|
| 1601~1608 | 3기(원숙기): 주로 4대 비극작품이 집필, 공연된 인생의 절정기 |
| 1600~1601 | 『햄릿』(*Hamlet*) |
| | 『윈저의 즐거운 아낙네들』(*The Merry Wives of Windsor*) |
| | 『십이야』(*Twelfth Night*) |
| 1601 | 「불사조와 거북」(*The Phoenix and the Turtle*)(시집) |
| | 아버지 존 사망(9월 8일 장례). |
| 1601~1602 | 『트로일러스와 크레시다』(*Troilus and Cressida*) |
| 1603 | 엘리자베스 여왕 사망(3월 24일). 추밀원이 스코틀랜드의 제임스 6세를 잉글랜드의 제임스 1세로 선포. |
| | 제임스 1세 런던 도착(5월 7일) 후 셰익스피어 극단 명칭이 챔벌린 경의 극단에서 국왕의 후원을 받는 국왕 극단King's Men으로 격상되는 영예(5월 19일). |
| | 제임스 1세 즉위(7월 25일). |
| 1603~1604 | 『자에는 자로』(*Measure for Measure*) |
| | 『오셀로』(*Othello*) |
| 1605 | 『끝이 좋으면 다 좋다』(*All's Well That Ends Well*) |
| | 『아테네의 타이몬』(*Timon of Athens*)(토머스 미들턴Thomas Middleton과 공동작업) |
| 1605~1606 | 『리어 왕』(*King Lear*) |
| 1606 | 『맥베스』(*Macbeth*) |
| | 『안토니와 클레오파트라』(*Antony and Cleopatra*) |
| 1607 | 딸 수잔나, 성공적인 내과의사인 존 홀John Hall과 결혼(6월 5일). |
| 1607~1608 | 『페리클레스』(*Pericles*)(조지 윌킨스George Wilkins와 공동작업) |
| | 『코리올레이너스』(*Coriolanus*) |

| 1608~1613 | 제4기: 일련의 희비극 집필. |
| 1608 | 셰익스피어 극장이 실내 극장인 블랙프라이어스Blackfriars 극장을 동료배우들과 함께 합자하여 임대함(8월 9일). |
| | 어머니 메리 사망(9월 9일 장례). |
| 1609 | 셰익스피어 극장이 블랙프라이어스 극장 흡수, 글로브 극장과 함께 두 개의 극장 소유. |
| 1609~1610 | 『심벌린』(*Cymbeline*) |
| 1610~1611 | 『겨울 이야기』(*The Winter's Tale*) |
| | 『태풍』(*The Tempest*) |
| 1611 | 고향 스트랫포드로 돌아가 은퇴 추정. |
| 1613 | 『헨리 8세』(*Henry VIII*)(존 플레처John Fletcher와 공동작업설) |
| | 『헨리 8세』 공연 도중 글로브 극장 화재로 전소됨(6월 29일). |
| 1613~1614 | 『두 사촌 귀족』(*The Two Noble Kinsmen*)(존 플레처와 공동작업) |
| 1614~1616 | 말년: 주로 고향 스트랫포드의 뉴 플레이스 저택에서 행복하고 평온한 삶 영위. |
| 1616 | 둘째 딸 쥬디스, 포도주 상인 토마스 퀴니Thomas Quiney와 결혼(2월 10일). |
| | 쥬디스의 상속분을 퀴니가 장악하지 않도록 유언장 수정(3월 25일). |
| | 스트랫포드에서 사망(4월 23일. 성 삼위일체 교회 내에 안장). |
| 1623 | 『페리클레스』를 제외한 36편의 극작품들이 글로브 극장 시절 동료 배우 존 헤밍John Heminge과 헨리 콘델Henry Condell이 편집한 전집 초판인 제1이절판으로 출판됨. |
| | 아내 앤 해서웨이 사망(8월 6일). |

옮긴이 **김성환**
충남대학교 문과대학 영문과 졸업
서강대학교 대학원 영문과 졸업(M.A.)
고려대학교 대학원 영문과 졸업(Ph.D.)

고전르네상스영문학회 부회장, 한국셰익스피어학회 편집이사, 한국현대영어영문학회 부회장 역임
현재 광양보건대학교 영어과 교수

논문 「『에드워드 2세』와 『리처드 2세』에 나타난 동성애/남색과 정치」, 「말로의 『에드워드 2세』
　　에 나타난 제국주의 담론: 성, 계급, 정치」, 「"조화로운 부조화":『한여름 밤의 꿈』에 재현
　　된 질서의 의미」, 「『자에는 자로』에 재현된 절대군주의 지배전략과 그 한계」 외
역서 『자에는 자로』, 『에드워드 2세』, 『자에는 자로: 작품해설 및 주석』, 『콜로노스의 오이디푸스』 외
저서 『영국고전르네상스드라마 마스터플롯』(공저), 『셰익스피어/현대영미극의 지평』(공저) 외

# 줄리어스 시저

초판 3쇄 발행일 2019년 2월 11일

**옮긴이** 김성환
**발행인** 이성모
**발행처** 도서출판 동인
**주 소** 서울시 종로구 혜화로 3길 5 118호
**등 록** 제1-1599호
**TEL** (02) 765-7145 / FAX (02) 765-7165
**E-mail** dongin60@chol.com
**I S B N** 978-89-5506-682-1
**정 가** 10,000원

※ 잘못 만들어진 책은 바꿔 드립니다.